'Mae llyfrau **Alys** Judi Curtin yn dathlu cyfeillgarwch, hiwmor a ffyddlondeb.'
*– Sunday Independent*

# Alys Eto

addasiad Eleri Huws o
**Alice Again**, Judi Curtin

Darluniau gan Woody Fox

Gwas LN

Cyhoeddwyd yn wreiddiol gan Wasg O'Brien Cyf., Dulyn, Iwerddon: 2005
Teitl gwreiddiol: *Alice Again*
© testun: Judi Curtin 2005
© darluniau: Woody Fox 2005
Cynllun clawr: Nicola Colton
Cyhoeddwyd yn Gymraeg drwy gytundeb â Gwasg O'Brien Cyf.

Cyhoeddwyd yn Gymraeg gan Wasg Carreg Gwalch 2017
Addasiad: Eleri Huws

Rhif Llyfr Safonol Rhyngwladol:
978-1-84527-631-7

Cyhoeddwyd gyda chymorth Cyngor Llyfrau Cymru

Dylunio'r clawr Cymraeg: Eleri Owen

Cyhoeddwyd gan Wasg Carreg Gwalch,
12 Iard yr Orsaf, Llanrwst, Dyffryn Conwy, Cymru LL26 0EH.
Ffôn: 01492 642031
e-bost: llyfrau@carreg-gwalch.cymru
lle ar y we: www.carreg-gwalch.cymru

Argraffwyd a chyhoeddwyd yng Nghymru

**Cyflwynedig i**

Mam a Dad

J.C.

# Pennod 1

CHWÎÎÎÎÎÎÎÎÎB! Yn sydyn, caeodd drysau'r trên â rhyw WHWSSH! uchel. Codais fy llaw ar Mam a Seren, oedd yn sefyll ar y platfform. Estynnodd Mam drwy'r ffenest agored a gwasgu fy llaw yn dynn.

'Hwyl i ti, Meg fach. Cofia fod yn ferch dda,' meddai. 'Dim hen driciau gwirion a chuddio o dan y gwely y tro hwn, iawn?'

Ochneidiais. Dyw Mam *byth* yn gadael i mi anghofio beth ddigwyddodd y llynedd. Byddai rhywun yn meddwl 'mod i wedi lladrata o'r banc, neu ladd rywun, neu anfon firws cyfrifiadurol i bob rhan o'r byd, neu rywbeth ofnadwy fel yna. Mewn gwirionedd, yr unig beth ro'n i wedi'i wneud oedd helpu fy ffrind pan oedd arni fy angen i.

Dyma'r hanes i chi. Roedd Alys, fy ffrind gorau yn y byd i gyd, wedi symud o Aberystwyth i Gaerdydd gyda'i mam a'i brawd, oherwydd bod ei rhieni wedi gwahanu. Yn naturiol, roedd Alys a fi'n torri'n calonnau – felly, pan ddaeth hi'n ôl i Aber i dreulio'r gwyliau hanner tymor gyda'i thad, meddyliodd Alys am gynllun hollol wallgo. (Mae hi'n arbenigo ar gynlluniau gwallgo!) Cuddiodd yn ein tŷ ni am ddyddiau, gan obeithio y byddai ei rhieni'n cael cymaint o fraw ei bod ar goll nes gwneud i'w mam benderfynu symud yn ôl i Aberystwyth, a gallai pawb fyw yn hapus gyda'i gilydd am byth.

Ond, wrth gwrs, nid dyna ddigwyddodd go iawn. Gwrthododd mam Alys symud o Gaerdydd, a chafodd Alys druan stŵr ofnadwy am wneud i bawb fecso amdani.

Ar ôl hynny, roedd Alys wedi cael dod yn ôl i Aberystwyth yn amlach, felly mewn rhyw ffordd ryfedd roedd ei chynllun wedi llwyddo.

Digwyddodd y cyfan oesoedd yn ôl, ac roedd

pawb wedi anghofio am y peth – wel, pawb heblaw Mam, sydd â chof fel eliffant! Nawr roedd yn wyliau hanner tymor y gwanwyn, a finnau ar fy ffordd i Gaerdydd i aros gydag Alys am chwe diwrnod!

Sgrechiodd yr olwynion wrth i'r trên ddechrau symud yn araf. Ar y platfform, dechreuodd Seren lefain ac estynnodd un llaw fach tuag ataf wrth i ddagrau mawr tew rowlio i lawr ei hwyneb.

Gwasgais fy wyneb yn erbyn y ffenest. 'Paid â llefain, Seren fach,' galwais. 'Fe fydda i'n ôl adre'n fuan, ac fe ddo i â llond gwlad o losin i ti!'

Ysgydwodd Mam ei phen, ac edrych yn gas arna i. Tasai Mam yn cael ei ffordd, byddai'r holl losin yn y byd yn cael eu gwahardd. Ond o leia roedd Seren yn hapus. Tawelodd y llefain yn sydyn, a gwenodd yn llydan arna i.

'Lothin i Theren,' meddai.

Chwarddais. Roedd hi mor giwt – y rhan fwya o'r amser!

Erbyn hyn roedd y trên yn codi sbîd, a Mam yn jogio ar hyd y platfform gan chwifio'i llaw yn wyllt. Byddai rhywun yn meddwl 'mod i'n mynd i America am ddeng mlynedd yn hytrach nag i Gaerdydd am lai nag wythnos! Roedd wyneb

Seren yn bictiwr wrth iddi gael ei bownsio lan a lawr gan gydio'n dynn o gwmpas gwddw Mam. Roedd wyneb Mam yn goch ac yn chwyslyd, a'i gwallt yn chwifio'n wyllt o gwmpas ei hwyneb. Ro'n i bron â marw eisiau gweiddi arni i stopio gwneud ffŵl ohoni'i hun – a gwaeth fyth, gwneud ffŵl ohono innau. Ond fedrwn i ddim . . . Yn sydyn, cofiais fod Mirain Mai ar wyliau yn Lanzarote, felly o leia doedd dim peryg y byddai *hi'n* gweld y cyfan ac yn adrodd stori arall eto fyth wrth ei ffrindiau yn yr ysgol am fy mam wallgo i. Do'n i ddim yn teimlo'n rhy ddrwg wedyn.

Dechreuodd Mam arafu, ac wrth bwyso allan o'r ffenest gallwn weld nad oedd fawr ddim o'r platfform ar ôl. A doedd hi, hyd yn oed, ddim yn ddigon twp i redeg ar hyd y trac wrth ochr y trên! O'r diwedd, safodd yn ei hunfan a golwg drist ar ei hwyneb. Daliodd y trên i gyflymu, ac yn fuan iawn roedd Mam a Seren yn edrych fel dwy ddoli fach ar y platfform pell.

Codais fy llaw am y tro olaf, ac eistedd yn drwm yn fy sedd.

*Dwi'n rhydd o'r diwedd!* meddyliais.

\* \* \*

Ro'n i prin yn gallu credu'r peth. Roedd yn teimlo fel ddoe er pan adawodd Mam i mi fynd i siop y gornel am y tro cyntaf. Pan o'n i'n hŷn, do'n i ddim ond yn cael mentro i'r dre ar ôl treulio hanner awr yn addo y byddwn yn bihafio fel angel. A nawr ro'n i ar y trên i Gaerdydd ar ben fy hun! Teimlwn fel pinsio fy hun i wneud yn siŵr bod y cyfan yn wir – ond penderfynais ei fod yn beth plentynnaidd i'w wneud. Yn lle hynny, eisteddais yn ôl yn fy sedd a gwenu fel giât nes i mi sylwi bod yr hen fenyw gyferbyn yn edrych yn rhyfedd arna i. Roedd hi'n gwau siwmper o wlân oren hyll, a hwnnw'n edrych yn gras ac yn goslyd. *Bydd raid i ryw blentyn druan wisgo'r siwmper 'na*, meddyliais. Bellach roedd gen i ddau reswm dros fod yn hapus. Un – ro'n i'n mynd i dreulio chwe diwrnod cyfan yng Nghaerdydd gydag Alys, a dau – doedd yr hen fenyw ddim yn fam-gu i mi.

Estynnais am yr e-bost roedd Alys wedi'i anfon ata i ychydig ddyddiau'n ôl. Ro'n i eisoes wedi'i ddarllen ryw gant o weithiau. Darllenais e unwaith eto, yn araf, gan fwynhau bob gair.

Haia Meg,

Fedra i ddim credu 'mod i'n mynd i dy weld di mor fuan. Ac am chwe diwrnod cyfan! Ry'n ni'n mynd i gael amser GRÊT — y gorau ERIOED! Dwi wedi cynllunio'r cyfan ac wedi bod yn cynilo arian er mwyn i ni allu gwneud rhywbeth arbennig BOB DYDD! Fe fyddwn ni'n mynd i'r sinema o leia ddwywaith, a chael trin ein hewinedd. Ac mae 'na siop lle galli di gynllunio ac adeiladu dy degan meddal dy hun. Dwi am wneud bwni i Jac (mae e wrth ei fodd gyda nhw!) a gallet tithau wneud tedi i Seren. Mae 'na gaffi bach sy'n gwneud y siocled poeth mwya ffantastig — yn llawn ffroth a hufen a malws melys, yn wahanol iawn i'r stwff diflas ry'n ni'n ei gael gartref allan o jar. Ac mae Mam yn dweud y gallwn ni fynd i'r lle hollol cŵl 'ma, Laser Quest, sy'n agos at y fflat. Ry'n ni'n dwy yn mynd i gael HWWWWYL!

Cariad mawr,

Al xx

Gwenais wrth ailddarllen y neges. Ro'n i'n falch nad oedd gan Alys unrhyw syniadau hanner call a dwl ynghylch y gwyliau. Roedd bywyd yn gallu bod yn gymhleth iawn pan oedd Alys yn cael un o'i chyfnodau 'cynllunio pethau diddorol'. Yr unig beth ro'n i eisiau ei wneud oedd mwynhau ei chwmni, a chael toriad oddi wrth lysiau organig diddiwedd Mam, a'i hymdrechion i achub y byd. Ychydig ddyddiau o hwyl – doedd e ddim yn llawer i'w ofyn, yn nag oedd?

Caeais fy llygaid a meddwl am yr holl bethau cŵl roedd Alys wedi'u trefnu. Un dda oedd Alys am syniadau gwreiddiol, ac ro'n i'n llawn cyffro wrth edrych 'mlaen at y dyddiau nesaf. Roedd e'n mynd i fod yn drip grêt. Fedrwn i ddim aros!

Plygais yr e-bost yn daclus a'i roi'n ôl yn fy mhoced. Wrth wneud hynny, teimlais ddarn arall o bapur o dan fy mysedd. Ochneidiais wrth edrych ar y rhestr roedd Mam wedi'i gwasgu i mewn i'm llaw wrth i mi fynd ar y trên. Roedd yn debyg i'r Deg Gorchymyn yn y Beibl, heblaw bod 'na ryw gant ohonyn nhw – yn ysgrifen daclus, fân Mam – a'r cyfan yn llenwi dwy ochr y dudalen. Mae Mam yn credu'n gryf mewn rhestrau – gorau po hiraf – ac roedd hynny'n gwbl amlwg wrth i mi sganio'r geiriau'n gyflym.

*Paid â siarad gyda phobl ddieithr.*
*Paid ag anghofio newid trenau yn Amwythig.*
*Cofia helpu gyda'r gwaith tŷ.*
*Cofia wisgo dy gôt pan fyddi di'n mynd mas –*
*dim ond mis Chwefror yw hi.*
*Cofia wisgo sgarff a menig.* (Rhy hwyr – ro'n i wedi eu tynnu nhw o 'mag pan oedd Mam mas o'r stafell, a'u cuddio yng nghefn y wardrob!)
*Paid â bwyta gormod o sothach.*
*Os nad wyt ti'n cael cynnig bwyd iach, cofia brynu ffrwythau i ti dy hun bob dydd.*
*Ffonia adref o leia unwaith.*
*Paid ag aros ar dy draed yn rhy hwyr.*
*Paid â mynd i unrhyw le ar ben dy hun.*
*Paid â mynd mas o gwbl ar ôl saith o'r gloch . . .*

. . . ac ymlaen ac ymlaen. Rhestr ddiddiwedd, a'r rhan fwyaf o'r pwyntiau'n dechrau â'r gair 'Paid'. Ro'n i'n sylweddoli bod Mam yn gwneud ei gorau, ond weithiau roedd hi'n mynd dros ben llestri. Roedd angen iddi ymlacio tipyn, yn fy marn i.

Darllenais yn gyflym at ddiwedd y rhestr, jest rhag ofn ei bod wedi cuddio rhyw sylw gwych yng nghanol yr holl reolau – rhywbeth fel: *Dwi wedi rhoi hanner can punt yng ngwaelod dy fag di,* neu *Dwi wedi trefnu bod cyflenwad o dy hoff losin di'n cyrraedd fflat Alys bob dydd.* (Doedd hi ddim, wrth gwrs!) Yna rhwygais y papur yn ddarnau mân a'u gwthio i mewn i'r bin wrth ochr fy sedd.

Dechreuais wenu wrth feddwl am y chwe diwrnod nesaf. Chwe diwrnod gydag Alys, yn gwneud pethau cŵl. Chwe diwrnod hir a hyfryd cyn gorfod mynd yn ôl adre i wynebu gwneud gwaith tŷ a bwyta uwd organig. Chwe diwrnod o nefoedd!

Oedd, roedd e bron yn rhy berffaith i fod yn wir, felly rhoddais binsiad bach i mi fy hun, jest i fod yn saff.

# Pennod 2

Er gwaethaf holl rybuddion Mam, roedd y daith yn ddigon rhwydd. Llwyddais i newid trên yn Amwythig, siaradais i ddim â neb, ac eisteddais yn wynebu'r blaen rhag i mi deimlo'n dost. A phan es i i'r tŷ bach, golchais fy nwylo â dŵr poeth a sebon, a'u sychu ar facyn papur rhag

gorfod cyffwrdd y tywel brwnt. Gan 'mod i'n teimlo braidd yn euog am rwygo rhestr Mam, bwytais y ffyn moron a'r hwmws roedd hi wedi'u pacio yn fy mag, ac yfed y dŵr, a phrynais i ddim sothach o'r bwffe ar y trên. Mewn gwirionedd, fi oedd y ferch berffaith – a byddai Mam yn falch iawn ohona i.

Ro'n i'n mwynhau fy hun gymaint nes bod yr

amser wedi hedfan, a buan iawn roedd y trên yn arafu wrth nesáu at orsaf Caerdydd. Camais i lawr i'r platfform, a dilyn pawb arall yn y gobaith y bydden nhw'n fy arwain at Alys. Ond wrth gyrraedd y giât fetel, stopiais yn stond a sylweddoli bod pawb yn sgrialu i gyfeiriadau gwahanol. Yn sydyn, ro'n i'n teimlo'n unig ac yn ofnus.

Edrychais o 'nghwmpas gan drio peidio â mynd i banig. Roedd 'na gannoedd o bobl yno, ond dim golwg o Alys.

*Beth wna i os na wnaiff hi ymddangos?*

*Beth os yw hi wedi anghofio 'mod i'n cyrraedd heddiw?*

*I ble'r a' i?*

*Beth wna i?*

Am y milfed tro, ro'n i'n casáu Mam am wrthod gadael i mi gael ffôn symudol. Pam roedd hi'n dal i fynnu byw yn y Canol Oesoedd?

Roedd 'na giosg ffôn ar y platfform nesaf, ac roedd gen i ychydig o newid mân yn fy mhoced. Falle y dylwn i ffonio rhywun? Ond pwy . . ?

Taswn i'n ffonio Mam a dweud wrthi 'mod i ar ben fy hun ar orsaf Caerdydd, byddai'n siŵr o ffrwydro mewn panig. Byddai'n ffonio 999, ac ymhen ychydig funudau byddai'r orsaf yn atseinio â sŵn seiren ac yn llawn o blismyn a milwyr ac ambiwlansys – a phawb yn chwilio amdana i. Byddwn ar *Newyddion 9* ar S4C, a phawb yn yr ysgol yn fy ngweld. Byddai rhywun yn siŵr o'i recordio a'i ddangos i Mirain Mai ar ôl iddi gyrraedd adre o Lanzarote – a dyna fe, byddai fy mywyd ar ben.

Doedd dim pwynt trio cysylltu ag Alys – doedd hi byth yn cofio dod â'i ffôn symudol gyda hi. A doedd gen i ddim syniad beth oedd rhif ffôn y fflat . . .

Brysiodd clamp o ddyn mawr heibio i mi, gan fy nharo'n galed â'i gês. Trawais fy mhenelin ar y giât fetel, a rhoi gwaedd o boen. Trodd rhyw fenyw ata i a gwenu'n llawn cydymdeimlad, ond brysiodd hithau i ffwrdd. Roedd pawb yn gwthio heibio i mi, yn brysur gyda'u bywydau eu hunain. Roedd gan bawb heblaw fi rywle i fynd.

Am eiliad neu ddwy, ro'n i'n hiraethu am gael bod adre, lle roedd popeth yn gyfarwydd ac yn saff. Gallwn fynd i'r sinema gyda Gwawr a Lois, fy ffrindiau, a phobi cacen gyda Seren ar ôl dod adre. Ro'n i'n teimlo'n rhy ifanc i fod yn y lle anferth, brawychus yma ar fy mhen fy hun. Yn sydyn, roedd y dagrau'n dechrau cronni y tu ôl i'm llygaid.

Wrth estyn macyn papur o boced fy nghôt, clywais sŵn chwibanu uchel – a throdd pawb i edrych o ble roedd e'n dod. Gwenais a sychu fy nagrau. Dim ond un person yn y byd oedd yn gallu chwibanu fel yna!

'ME-GAN! ME-E-E-G! Dwi fan hyn – 'drycha!'

Trois i gyfeiriad y llais, a dyna lle roedd Alys yn rhedeg ar hyd y platfform gan chwifio'i llaw a gweiddi. Gafaelais yn fy mag a dechrau cerdded tuag ati. Do'n i erioed yn fy mywyd wedi bod mor falch o weld neb.

*Mae popeth yn mynd i fod yn iawn*, meddyliais. *Mae'r gwyliau perffaith ar fin cychwyn!*

Rhoddodd Alys glamp o gwtsh i mi cyn sibrwd yn fy nghlust, 'Dwi *mor* falch dy fod ti yma. Mae 'na rywbeth *ofnadwy* wedi digwydd!'

Rhewodd y wên ar fy wyneb. 'Beth sy wedi digwydd? Beth sy'n bod?'

'Sorri, alla i ddim dweud wrthot ti nawr,' atebodd Alys. 'Mae Mam yn aros yn y car, ac fe wyddost ti mor ddiamynedd mae hi'n gallu bod.'

Doedd dim pwynt i mi holi rhagor. Byddai Alys yn dweud y cyfan yn ei hamser ei hun.

Gafaelodd yn fy mraich a'm harwain allan o'r orsaf. Yno, roedd car crand ei mam yn aros – reit o dan arwydd mawr *Dim Parcio*. Gwenais wrth feddwl y byddai'n well gan fy mam i farw na pharcio mewn lle felly! Mae hi'n mynnu ufuddhau i bob rheol, a mam Alys wrth ei bodd yn eu torri. Rhyfedd bod dwy fam mor wahanol wedi llwyddo i gael merched sy'n ffrindiau gorau!

Eisteddodd Alys yn y blaen gyda'i mam, ac es innau i'r sedd gefn lle roedd Jac, brawd Alys, yn stwffio creision i mewn i'w geg. Roedd y car yn drewi o gaws a winwns, a phrin bod modfedd o'r sedd yn glir o friwsion. Wrth i mi estyn i gau'r drws, ciciodd Jac fi ar fy nghoes, ond feiddiwn i ddim dweud gair o flaen ei fam. Edrychais yn gas arno, a thynnodd yntau ei dafod – gan ddangos ceg yn llawn o greision meddal drewllyd. Ych a fi!

*O leia*, meddyliais, *dyw beth bynnag sy wedi digwydd ddim yn ddigon erchyll i wneud i Jac newid ei ymddygiad! Mae e cyn waethed ag arfer!*

Symudais cyn belled ag y gallwn oddi wrtho a chau fy ngwregys. Trodd Lisa, mam Alys, ataf gan wenu'r un wên oeraidd ag arfer.

'Megan,' meddai. 'Mae'n dda dy weld di eto. Dwi'n siŵr y byddi di ac Alys yn cael amser grêt gyda'ch gilydd.' Ond doedd dim croeso na chynhesrwydd yn ei llais.

Trodd Lisa at y drych a sychu ychydig o

finlliw oddi ar ei dant â macyn papur. Teimlwn yn ddryslyd. Os oedd rhywbeth ofnadwy wedi digwydd, pam fod pawb heblaw Alys yn ymddwyn 'run fath yn union ag arfer?

Trodd Alys ei phen a gwenu arna i. Teimlwn ychydig yn well wedyn. Falle nad oedd pethau mor ddrwg ag oedden nhw'n ymddangos. Wedi'r cwbl, mae Alys yn un dda am fod yn orddramatig.

Dechreuodd y car symud, ac yn sydyn clywson ni sgrechian brêcs wrth i dacsi sgrialu i stop reit o'n blaenau. Agorodd y gyrrwr ei ffenest gan bwyso allan ac ysgwyd ei ddwrn. Roedd e ar fin dweud rhywbeth cas pan agorodd Lisa ei ffenest hithau, a gwenu'n llydan. 'Mae'n *wir* flin gen i, welais i mohonoch chi,' meddai mewn llais neis-neis. Cwympodd gyrrwr y tacsi dan ei hud. 'Dim problem, misus,' atebodd. 'Bant â chi.'

Gyrrodd Lisa yn ei blaen gan anwybyddu Alys, oedd yn esgus chwydu i mewn i fag llaw gwyn, drudfawr, ei mam.

'Roedd hynna'n warthus, Mam,' meddai. 'Ddylet ti ddim defnyddio'r ffaith dy fod ti'n fenyw bert i gymryd mantais o bobl a gyrru'n bergylus.'

'Do'n i ddim yn gwneud unrhyw beth o'i le,'

chwarddodd Lisa. 'Ar y gyrrwr tacsi roedd y bai – dylai e gymryd mwy o ofal. A pham na ddylwn i ddefnyddio fy mhrydferthwch i gael fy ffordd fy hun? Wedi'r cwbl, Alys, rwyt ti'n ferch glyfar – ac fe fyddi dithau'n manteisio ar hynny pan ddaw'r cyfle.'

'Dyw hynna ddim yr un peth o gwbl, Mam,' protestiodd Alys. 'Dwi'n . . .'

Anwybyddodd ei mam hi. 'A Megan, rwyt tithau'n dda am . . . wel, mae'n siŵr dy fod yn dda am wneud *rhywbeth* . . .'

Ddywedais i 'run gair. Roedd Alys a'i mam wastad yn dadlau, ac ro'n i'n casáu cael fy nal yn y canol. Os bydden nhw'n cario 'mlaen fel hyn, roedd 'na chwe diwrnod hiiiiir iawn o 'mlaen i.

Achubodd Jac y dydd trwy ddweud, 'Dwi'n dda am wneud lot o bethe, on'd ydw i, Mam?'

Gwenodd Lisa arno yn y drych. 'Wyt, cariad bach,' atebodd.

'Dwi'n well na neb yn y dosbarth am dorri gwynt,' meddai Jac. 'Gwrandwch!' Er bod y sŵn yn erchyll, roedd yr arogl caws a winwns ddaeth yn ei sgil yn waeth fyth. Ro'n i bron â chwydu, ond chwerthin wnaeth Alys.

'Dyw hynna ddim yn rhywbeth i fod yn falch

ohono,' meddai Lisa'n bigog. 'Rwyt ti'n dda am wneud pethe lot gwell.'

Gwenodd Jac yn ddrygionus. 'Ydw, dwi'n grêt am wneud pwmps hefyd – bron cystal â Dylan, a lot gwell na Carwyn. Hoffet ti glywed rhai?'

Trodd Lisa yn ei sedd a syllu'n gas arno. Wrth wneud, collodd ei gafael ar y llyw a dechreuodd y car sgrialu tuag at wal garreg uchel. Sgrechiodd pawb – a llwyddodd Lisa i osgoi'r wal o ychydig fodfeddi. Dim rhyfedd bod gyrwyr y ceir o'n cwmpas yn bîpian yn uchel . . .

Ochneidiais yn drwm. Roedd un peth yn amlwg – doedd bywyd gyda'r teulu Roberts byth yn ddiflas.

# Pennod 3

Rhywsut neu'i gilydd, fe gyrhaeddon ni'r fflat yn saff. Rhuthrodd Jac yn syth at y teledu, ac aeth Lisa i'r gegin. Gafaelodd Alys yn fy mraich a'm harwain i'w stafell.

Eisteddais ar y gwely, yng nghanol y pentwr o glustogau porffor. Mae Mam yn gwrthod gadael i mi gael clustogau ar fy ngwely i – dy'n nhw'n ddim byd ond gwesty ar gyfer llau llwch, yn ei barn hi! Mwythais y defnydd meddal dan fy mysedd wrth aros i Alys siarad. Ro'n i ar bigau'r drain eisiau clywed beth oedd ganddi i'w ddweud, ond gydag Alys mae'n well peidio dangos eich bod yn rhy awyddus.

Ymhen hir a hwyr, dywedodd yn dawel, 'Mae gan Mam gariad.'

Agorais fy ngheg i ateb, ond ddaeth 'run gair allan. Beth yn y byd allwn i ei ddweud? Roedd y peth yn anhygoel! Chwiorydd hŷn a sêr pop oedd yn cael cariad – nid mamau. Fedrwn i ddim dychmygu fy mam fy hun gyda neb heblaw Dad. Fyddai'r peth ddim yn iawn, rhywsut. Ond wedyn, falle taw dyna roedd Alys yn ei gredu hefyd, cyn i'w rhieni wahanu. Am funud, ro'n i'n falch bod Mam wastad yn edrych yn anniben ac yn flinedig – siawns na fyddai hi byth yn llwyddo i gael cariad.

Safodd Alys o 'mlaen, ei breichiau wedi'u plethu a golwg ddig ar ei hwyneb. 'Glywaist ti fi, Meg?' holodd yn siarp. 'Mae gan Mam gariad.'

Roedd yn rhaid i mi ddweud rhywbeth – ond beth? Doedd gen i ddim profiad o sefyllfa fel hon. 'O . . . ym . . . wel . . . mae'n flin gen i glywed hynna,' mentrais.

Ai dyna oedd y peth iawn i'w ddweud? Nage, mae'n debyg. Doedd e ddim i weld yn ddigon, rhywsut, a doedd Alys ddim yn edrych yn hapus iawn. Ceisiais feddwl am gwestiynau call i'w gofyn . . . a llifodd y cyfan allan gyda'i gilydd.

'Sut gwyddost ti? Hi ei hun ddwedodd wrthot ti? Pwy yw e? Wyt ti wedi cwrdd ag e? Sut un yw e? Ydy e'n foi neis?'

Ysgydwodd Alys ei phen, ond doedd gen i ddim syniad sawl un o'r cwestiynau roedd hi'n dweud 'na' iddyn nhw. Edrychai'n drist ac yn ddagreuol. 'Dere i eistedd fan hyn gyda fi,' dywedais wrthi gan batio'r gwely, 'a dweud y cyfan – o'r dechrau.'

Tynnodd Alys anadl ddofn. 'Iawn,' meddai. 'Wel, fel dwedais i, mae gan Mam gariad. Dyw hi ddim wedi sôn am y peth, ond dwi'n gwybod.'

Am eiliad, ro'n i'n teimlo ryw ryddhad. Mae Alys yn un dda am ddychmygu pob math o bethau. Falle nad oedd y stori'n wir wedi'r cwbl. 'Sut yn union wyt ti'n gwybod, felly?' holais.

'Mae'r peth yn hollol amlwg,' meddai. 'Mae e'n ei ffonio hi bob nos am saith o'r gloch. Mae'r peth yn mynd 'mlaen ers oesoedd. Fi gododd y ffôn y tro cyntaf, a llais dyn atebodd. Ers hynny, mae Mam yn cipio'r ffôn cyn i Jac a fi allu ei gyrraedd. Mae hi'n siarad yn dawel, yn chwerthin yn aml, ac yn chwarae gyda'i gwallt. Wedyn mae hi'n mynd â'r ffôn i'w stafell wely rhag i ni glywed y sgwrs.'

Doedd hyn ddim yn swnio'n dda. O gwbl. 'Falle taw dim ond ffrind yw e?' awgrymais.

'Dim gobaith,' atebodd Alys gan ysgwyd ei phen. 'A beth bynnag, pa ffrind sy'n ffonio bob nos yn ddi-ffael?'

'Wel, docs dim drwg mewn sgwrs ffôn, yn

nac oes?' mentrais yn obeithiol.

'Pwy a ŵyr?' atebodd Alys. 'Beth bynnag, mae'n llawer mwy na hynny. Dwi'n credu ei bod hi'n cwrdd ag e yn ystod y dydd pan mae Jac a fi yn yr ysgol. Pan ry'n ni'n cyrraedd adre, mae hi'n gwisgo'i dillad gorau.'

Brathais fy nhafod rhag dweud bod Lisa, yn fy marn i, yn gwisgo'i dillad gorau drwy'r amser! Pan oedd hi'n byw drws nesa i ni roedd hi'n aml yn gwisgo siwt smart i siopa yn yr archfarchnad – ac un tro fe welais hi'n rhoi'r bin allan mewn ffrog hir ffansi a secwins drosti i gyd!

Roedd Alys yn gallu darllen fy meddwl. 'Na, wir i ti, Meg – dwi'n sôn am ei dillad *gorau un*. Mae hi'n prynu llwythi o bethau newydd, ac yn defnyddio rhyw bersawr drudfawr bob dydd. A phan dwi'n trio siarad gyda hi, mae ei meddwl yn bell i ffwrdd.'

Doedd hynny ddim yn beth newydd – fyddai Lisa byth yn ennill gwobr am fod y Fam Orau yng Nghymru. Ond unwaith eto, roedd Alys wedi darllen fy meddwl. 'Mae hi'n gwrando hyd yn oed yn llai nag arfer,' meddai, 'fel tasai hi'n byw ar blaned wahanol. Mae ei meddwl wastad yn rhywle arall, a rhyw olwg freuddwydiol yn ei llygaid. Mae'n amlwg ei bod hi'n meddwl amdano fe drwy'r amser. Ac mae ganddi ryw lyfr nodiadau ffansi, tebyg i ddyddiadur. Dwi'n siŵr ei bod yn cadw cofnod o bob dêt yn hwnnw.'

*Tybed pam nad yw Alys wedi chwilio am y dyddiadur, a'i ddarllen?* meddyliais. *Fe fyddai'n beth slei i'w wneud – ond, wedi'r cwbl, gallai gyfiawnhau ei hun trwy ddweud ei bod yn busnesa er lles y teulu.*

Atebodd Alys fy nghwestiwn heb i mi ei ofyn, hyd yn oed. 'Fe fues i'n chwilota am y dyddiadur am ddyddiau,' cyfaddefodd, 'ond ar ôl dod o hyd iddo roedd clo arno fe – a dim golwg o'r allwedd yn unman.'

Mentrais ofyn iddi, 'A beth am dy dad?'

'Beth amdano fe?' atebodd Alys yn siarp. 'Dyw Mam ddim yn becso taten amdano fe erbyn hyn, a does dim gobaith y byddan nhw byth yn dod yn ôl at ei gilydd. Ond beth petai hi'n priodi'r dyn 'ma, a ninnau'n gorfod byw gydag e? Dwi ddim eisiau llystad – mae gen i un tad yn barod, ac mae hynny'n ddigon. Fe fyddai'r holl beth yn . . .'

Tawelodd yn sydyn, ac ro'n i'n ofni ei bod ar fin llefain. Ar y funud honno, ro'n i wir yn casáu Lisa am y ffordd roedd hi wedi difetha bywydau Alys a Jac. Roedd fy mywyd i, hyd yn oed, wedi newid am byth pan benderfynodd hi lusgo'i phlant i fyw yng Nghaerdydd. Beth yn y byd allwn i ei ddweud fyddai'n gwella'r sefyllfa? Roedd bywyd gymaint yn symlach pan oedd rhieni fy ffrind gorau'n dal i fyw gyda'i gilydd drws nesa i mi ac yn esgus bod yn hapus.

Wrth i mi dynnu fy nghôt, cwympodd e-bost Alys allan o'r boced a chodais e oddi ar y llawr. Yn sydyn, teimlwn yn grac. Pam nad oedd hi wedi sôn am gariad ei mam yn y neges? Pam rhoi'r argraff bod y gwyliau'n mynd i fod yn llawn hwyl a sbri? Fi oedd ei ffrind gorau – pam nad oedd hi wedi cyfadde'r gwir wrtha i?

Estynnais y neges i Alys. Syllodd hithau arni am amser hir. Yna edrychodd arna i a rhyw olwg ryfedd yn ei llygaid. Ddwedodd hi 'run gair.

'Pam na soniaist ti air am hyn yn dy e-bost?' holais. 'Pam esgus bod popeth yn iawn, pan oedd e ddim?'

'Ro'n i'n rhy ofnus,' atebodd mewn llais bach.

Do'n i ddim yn ei chredu. Alys yw'r ferch ddewraf yn y byd. Dyw hi byth yn ofnus. 'Ofnus o beth?' holais.

Llanwodd ei llygaid â dagrau. 'Dwi'n gwybod cymaint rwyt ti'n casáu gweld pobl yn cwympo mas,' meddai. 'Ro'n i'n ofnus y byddet ti'n gwrthod dod i aros taset ti'n gwybod y gwir.'

Do'n i ddim yn gwybod sut i ateb. Falle bod Alys yn iawn. Teimlwn braidd yn euog, er nad o'n i wedi gwneud unrhyw beth o'i le.

Yna, yn sydyn, daeth newid syfrdanol dros Alys. Rhoddodd gwtsh mawr i mi, a gwenu'n hapus. Dyna pryd y dechreuais deimlo'n nerfus. Bob tro mae Alys yn gwenu fel yna, mae ganddi ryw gynllun ar y gweill . . .

Neidiodd oddi ar y gwely a dweud, 'Dwi *mor* falch dy fod ti yma, Meg. Mae popeth yn mynd i fod yn iawn o hyn 'mlaen. Mae'r amseru'n berffaith.'

'Beth yn union wyt ti'n feddwl?' holais yn bryderus.

'Galli di fy helpu i,' atebodd gan wenu.

'Ym mha ffordd?' mentrais ofyn.

Dechreuodd Alys siarad mor naturiol â phetasai hi'n gofyn i mi ei helpu gyda'i gwaith cartref mathemateg, neu i dacluso'i stafell wely. 'Galli di fy helpu i ddarganfod pwy yw cariad Mam,' meddai.

*Diolch byth*, meddyliais. *Dyw hynna ddim yn rhy ddrwg. A dweud y gwir, gallai fod yn hwyl.*

Ond aeth Alys yn ei blaen, 'A phan fyddwn

ni'n gwybod pwy yw e, gallwn gynllwynio sut i gael gwared ohono fe.'

Teimlwn fy nghalon yn suddo reit i lawr i sodlau'r trênyrs newydd glas ro'n i'n eu gwisgo am fy nhraed.

# Pennod 4

Weithiau, mae Mam yn dweud 'mod i'n gadael i
Alys fy mwlio i. Dwi'n gwybod beth mae hi'n
feddwl, ond dyw e ddim yn wir. Dyw Alys ddim
yn fwli – mae hi jest yn arbennig o dda am gael
ei ffordd ei hun.

Yn nes 'mlaen, pan oedd Lisa'n paratoi te,
aeth Alys â fi'n ôl i'w stafell wely i sôn wrtha i
am ran gyntaf ei Chynllun Mawr. Roedd hi'n
gwneud i'r cyfan swnio'n rhwydd iawn – fel arfer.

'Paid â becso, Meg,' dechreuodd. 'Ti fydd yn
cael y jobyn rwyddaf o'r cyfan.'

'Hy!' atebais gan wenu. 'Dyw dy gynlluniau di byth yn cynnwys jobyn rwydd – dim ond rhai anodd a rhai anoddach fyth!'

'Wir i ti, Meg,' mynnodd Alys. 'Dwi'n dweud y gwir, addo. Dyma beth sy raid i ti wneud – am bum munud i saith, dwi am i ti berswadio Mam i fynd i'r gegin, ac aros yno tra 'mod i'n cuddio yn y wardrob yn ei stafell wely hi.'

Ochneidiais. Dros hanner tymor yr hydref roedd Alys wedi bod yn cuddio o dan fy ngwely i – a nawr roedd hi'n bwriadu cuddio yn wardrob ei mam. Beth oedd yn bod ar y ferch? Gêm i blant bach yw chwarae cuddio . . .

Ond aeth Alys yn ei blaen. 'Bydd y ffôn yn canu am saith, fel bob nos, a phan aiff Mam i mewn i'w stafell i'w ateb fe fydda i'n gallu clywed pob gair.  A phan ddaw hi mas, galli di dynnu'i sylw eto am 'chydig tra 'mod i'n dianc. Hawdd pawdd!'

Ochneidiais eto. Roedd Alys yn iawn – roedd e *yn* swnio'n rhwydd. Pam, felly, ro'n i'n teimlo mor nerfus? Falle 'mod i'n berson llwfr. Neu, ar y llaw arall, falle 'mod i'n llawer callach nag Alys.

Pam, o pam, ro'n i wedi cytuno eto fyth i gymryd rhan yn ei chynllun twp? Dwi wastad wedi bod braidd yn ofnus o Lisa, a faswn i ddim am y byd eisiau cwympo mas gyda hi. Yn enwedig gan 'mod i'n aros yn ei fflat hi, a heb unrhyw le i ddianc petai pethau'n mynd yn ffradach rhyngon ni.

Ond yn bwysicach na dim, ro'n i'n edrych 'mlaen at dreulio amser yn cael hwyl gydag Alys, a gwneud yr holl bethau grêt roedd hi wedi sôn amdanyn nhw yn ei neges e-bost.

*Falle*, meddyliais, *taswn i'n gwrthod ei helpu, byddai hi'n anghofio am ei Chynllun Mawr, a gallen ni ddechrau joio'r gwyliau.*

Ond wedyn, sut gallwn i fod mor hunanol? Roedd y sefyllfa'n amlwg yn effeithio arni. Nid yr Alys hapus, ddrygionus arferol oedd hon. Os o'n i wir am fod yn ffrind da iddi, doedd gen i fawr o ddewis. Er hynny, roedd gen i deimlad ym mêr fy esgyrn y byddai rhywbeth yn mynd o'i le – rhywbeth mawr.

'Rhaid i ti fy helpu i,' dywedais o'r diwedd. 'Sut galla i dynnu'i sylw?'

'Dim syniad,' atebodd Alys yn ddidaro. 'Torri rhywbeth, falle? Mae 'na fas borffor ar sil ffenest y gegin, ac mae Mam yn meddwl y byd ohoni. Byddai'n siŵr o fynd yn benwan taset ti'n ei thorri, a baswn innau'n cael digon o amser i guddio.'

Roedd yr ateb yn gwbl nodweddiadol o Alys – roedd hi wastad yn mynd am y dewis mwyaf dramatig!

'Dim gobaith,' mynnais. 'Megan ydw i, cofio? Yr un dawel, gall. Dwi ddim yn bwriadu gwneud dy fam yn benwan, reit? Unrhyw syniadau da eraill?'

'Nac oes, sorri – os wyt ti eisiau bod yn rhan o'r cynllun 'ma, rhaid i ti dy hun feddwl am syniad gwell.'

Ro'n i'n gegrwth. Doedd gan Alys, mae'n amlwg, ddim syniad 'mod i'n gwneud hyn yn erbyn f'ewyllys.

Aeth hi 'mlaen a 'mlaen am y peth, ac fel sy'n digwydd bob tro cytunais i wneud fel roedd hi'n awgrymu. Pam o'n i'n trafferthu i ddadlau gyda hi yn y lle cyntaf? Roedd hi wastad yn cael ei ffordd ei hun ta beth.

Dwi'n siŵr bod te y noson honno yn flasus iawn. Fe gawson ni bopeth sy'n cael ei wahardd yn ein tŷ ni – pizza a sglodion, a Coke i'w yfed, ac yn bwdin roedd 'na hufen iâ gyda nentydd o saws siocled yn llifo drosto i gyd. Perffaith! Y broblem oedd, fedrwn i ddim mwynhau 'run briwsionyn ohono – roedd gen i ormod o bethau'n pwyso ar fy meddwl.

Roedd Lisa mewn hwyliau da, yn dweud ei hanes yn gweini pizza i'w theulu am y tro cyntaf erioed, heb sylweddoli bod angen ei goginio! Ac roedd Jac mor ffiaidd ag arfer, yn cnoi ei fwyd yn swnllyd ac wedyn yn torri gwynt afiach dros y bwrdd. Llwyddais i gadw 'nghoesau'n ddigon pell oddi wrtho – ro'n i'n dal i gofio'r gic slei ges i ganddo yn y car.

Siaradodd Alys yn annwyl iawn, gan ddweud mor falch oedd hi 'mod i yno, a gymaint o hwyl roedden ni'n mynd i'w gael dros y dyddiau nesaf. Ond fedrwn i ddim mwynhau fy mwyd na'r cwmni. Yr unig beth oedd ar fy meddwl oedd beth fyddai'n digwydd ar ôl te, pan fyddai'r ffôn yn canu. Syllais ar y cloc wrth i'r bysedd gripian yn nes ac yn nes at saith o'r gloch.

Ar ôl i bawb orffen bwyta, aeth Alys a fi ati i helpu Lisa i glirio. Sylweddolais yn sydyn mai ychydig iawn o waith clirio sydd i'w wneud gyda bwyd 'sothach' – ac roedd hynny'n dda i'r amgylchedd. *Hmm*, meddyliais, *rhaid i mi sôn wrth Mam pan a' i adre*...

Pan oedden ni bron â gorffen, trodd Lisa at Jac ac anwesu ei foch. 'Beth amdanat ti, bach?' meddai. 'Wyt ti am helpu Mami heno?'

Tynnodd Jac dafod arni, a gweiddi'n hyll,

'Na'dw – gwna fe dy hun, yr hen sguthan!'

Fedrwn i ddim credu'r peth! Taswn i wedi dweud hynna wrth Mam, byddai'n fy nghloi yn fy stafell am gan mlynedd! Ond wnaeth Lisa ddim cynhyrfu o gwbl, dim ond rhwbio pen Jac a dweud, ''Na fe, 'te, cariad – fory, falle. Dos i wylio'r teledu am sbel.'

Gwenodd yntau'n slei, a rhedeg at y teledu. Caeodd Lisa'r drws y tu ôl iddo, a dweud, 'Wedi blino mae e, druan.'

Trodd Alys ata i a sibrwd, 'Mae e wedi mynd yn hen snechyn bach yn ddiweddar, a dyw Mam ddim yn cymryd unrhyw sylw. Mae e'n troi mas i fod y plentyn mwyaf ffiaidd yn y byd.'

Fedrwn i ddim dadlau gyda hi – ro'n i eisoes yn becso sut ro'n i'n mynd i ddioddef Jac am y chwe diwrnod nesaf. Doedd Seren ddim yn angel o bell ffordd, ond roedd hi'n berffaith o'i chymharu â Jac. A doedd hi'n ddim ond tair oed – dwy flynedd yn iau na Jac.

Ychydig funudau'n ddiweddarach, pwniodd Alys fi'n ysgafn a phwyntio at gloc y gegin. Roedd hi bron yn bum munud i saith – amser i mi chwarae fy rhan 'fach' yng nghynllun Alys. Am eiliad, fe wnes i ystyried peidio – ond, wedyn, byddwn yn siomi Alys. Sut gallwn i droi fy nghefn arni, a gwrthod ei helpu?

Ro'n i wrthi'n cadw'r cwpan olaf yn y cwpwrdd pan welais fod bys mawr y cloc wedi pasio'r rhif 11. Yn sydyn, clapiais fy llaw dros fy llygad, a griddfan yn uchel. Daeth Lisa draw ata i ar unwaith. 'Beth sy'n bod, Megan?' holodd. 'Wyt ti wedi cael dolur?'

Gan ddal fy llaw dros fy llygad, nodiais a dweud, 'Do – dwi'n credu bod gen i rywbeth yn fy llygad.'

'Gad i mi weld,' meddai'n siarp.

Syllodd Lisa i mewn i'm llygad. Do'n i ddim wedi bod mor agos ati hi o'r blaen, a doedd e ddim yn brofiad braf. Roedd ei hamrannau'n drwm o fascara du, trwchus, ac arogl cryf ei phersawr yn codi'n gymylau oddi arni.

'Wela i ddim byd, chwaith. Dere draw fan hyn o dan y golau. Alys, dos i nôl macyn papur i mi, plis.'

O na! Tasai Alys yn gorfod dod allan o stafell ei mam eto, byddai hynny'n difetha'r holl gynllun.

Camais yn ôl a blincio'n gyflym. 'A dweud y gwir, Lisa, mae e'n well nawr. Rhaid bod beth bynnag oedd yn fy llygad wedi cwympo mas.'

Edrychodd yn rhyfedd arna i, a gofyn, 'Ble mae Alys? Mae hi . . .'

Ar hynny, canodd y ffôn. 'Hoffech chi i mi ateb?' gofynnais yn fy llais mwyaf siwgwrllyd.

Gwthiodd Lisa yn fy erbyn yn ei brys i gyrraedd y ffôn. 'Popeth yn iawn, diolch – mae e gen i nawr.' Cododd y derbynnydd a dweud mewn llais pwysig, 'Helô? Lisa Roberts yn siarad . . .'

Gallwn glywed llais dwfn yn ateb. 'Haia, Lisa, fi sy 'ma. Sut mae pethe? Wnest ti . . ?' Ond cyn i mi allu clywed rhagor, rhuthrodd Lisa heibio i mi ac i mewn i'w stafell wely, gan gau'r drws yn glep y tu ôl iddi.

# Pennod 5

Teimlai'r alwad ffôn fel yr hiraf gafwyd erioed yn holl hanes y byd. Sefais o flaen cloc y gegin gan wylio'r munudau'n tipian heibio'n araf, araf. Ar ôl rhyw ddeng munud, sleifiais draw at ddrws stafell wely Lisa a chlustfeinio'n

ofalus, gan fod yn barod i redeg i ffwrdd petai'r drws yn agor yn sydyn. Roedd hi'n siarad yn rhy dawel i mi ddeall unrhyw beth, ond gallwn glywed tôn ei llais – roedd yn felys ac yn feddal, fel tasai hi'n ceisio creu argraff dda ar rywun.

Meddyliais am Alys druan, yn cuddio yn wardrob Lisa ac yn gorfod gwrando ar y sgwrs. Rhaid bod hynny'n brofiad ofnadwy iddi. Ond roedd yn ofnadwy i minnau hefyd. Doedd dim gobaith bod hyn i gyd yn mynd i ddiweddu'n hapus.

Yr eiliad honno, teimlais bigiad yn fy nghefn. Neidiais a gwichian yn uchel. Jac oedd yno, yn fy mhrocio â'i fys budr.

'Be ti'n neud, Meg?' holodd yn bowld.

O na! Doedd dim pwynt i Alys guddio yn stafell ei mam os o'n i'n mynd i gael fy nal yn clustfeinio tu allan, yn nag oedd?

Es ar fy ngliniau ar y carped gwyn, trwchus, ac esgus chwilio am rywbeth. 'Dwi wedi gollwng darn punt,' dywedais wrth Jac. 'Wnei di fy helpu i chwilio amdano fe?'

'Dim gobaith, Meg-peg. Chwilia amdano fe dy hun.' Ac i ffwrdd ag e'n ôl i'r lolfa at y teledu gan gau'r drws yn glep ar ei ôl.

*Diolch byth!* sibrydais gan godi ar fy nhraed a mynd i stafell Alys, allan o'r ffordd.

Ymhen hir a hwyr, clywais ddrws stafell Lisa'n agor ac es i'r cyntedd ati hi. Roedd hi'n gwenu rhyw wên fach ryfedd, ond diflannodd honno pan welodd hi fi.

'O, fan'na wyt ti, Megan. Ble mae Alys?'

Llyncais yn galed. Fyddai Lisa'n fy nghredu i taswn i'n dweud bod Alys wedi mynd i'r siop, neu rywbeth tebyg? Allwn i esgus nad oedd gen i syniad ble roedd hi? Na, byddai hynny'n dwp – roedd y fflat yn rhy fach. A fedrwn i ddim mentro'r tric 'rhywbeth yn fy llygad' eto. Fyddai raid i mi dorri ei fas werthfawr wedi'r cwbl? Ble roedd Jac pan oedd arna i angen iddo gael un o'i stranciau enwog?

Plethodd Lisa'i breichiau o'i blaen a syllu arna i fel taswn i'n hanner call a dwl. Doedd hi erioed wedi fy hoffi i ryw lawer, ond byth ers i Alys guddio o dan fy ngwely i am ddwy noson fisoedd yn ôl roedd Lisa wedi methu cuddio'r ffaith ei bod hi'n fy nghasáu â chas perffaith.

'Wel? Ble mae hi?' holodd yn siarp.

Llyncais eto, a cheisio peidio edrych i gyfeiriad drws stafell wely Lisa. Roedden ni reit gyferbyn ag o, a doedd gan Alys ddim gobaith o ddianc heb i'w mam ei gweld.

'Mae hi'n . . . ym . . . yn y . . . mewn gwirionedd, mae hi'n . . .' *Cau dy geg, Megan,* ceryddais fy hun. *Rwyt ti'n palu mwy o dwll i ti dy hun.* Meddyliais yn galed – sut gallwn i dynnu sylw Lisa?

Symudais wysg fy nghefn i mewn i stafell Alys, a dilynodd Lisa fi. Mae hi y math o berson ry'ch chi'n ei hofni hyd yn oed os nad y'ch chi wedi gwneud unrhyw beth o'i le. Heblaw bod y ffenest mor uchel, byddwn wedi cael fy nhemtio i neidio drwyddi a dianc. Ond rhywsut llwyddais i gadw fy llais yn weddol normal a dweud, 'Allech chi fy helpu, plis? Dwi'n methu'n lân ag agor sip fy mag i ddadbacio.' Ac wrth siarad, gafaelais yn y bag a'i wthio tuag ati.

Plygodd i lawr ac, wrth gwrs, agorodd y sip yn ddidrafferth. Y tu ôl i Lisa, gallwn weld drws ei stafell wely'n agor ac Alys yn sleifio mas ac i mewn i'r gegin. 'Dyna ti,' meddai Lisa mewn llais oeraidd. 'Doedd dim byd yn bod ar y sip. A nawr, os oes gen ti funud sbâr, falle y galli di ddweud wrtha i ble mae fy merch.'

'Wrth gwrs,' atebais gan wenu'n llydan, 'mae hi yn y gegin, dwi'n credu.'

Syllodd Lisa yn gas arna i, a throi ar ei sodlau uchel gan adael marc dwfn yn y carped. Eisteddais yn drwm ar wely Alys a rhoi cwtsh i'r clustog porffor, gan frwydro i gadw'r dagrau rhag llifo o'm llygaid. Ro'n i'n difaru 'mod i wedi dod i Gaerdydd o gwbl. Roedd Lisa'n fy nghasáu, ac Alys yn meddwl am ddim byd ond ei Chynllun Mawr. Ac am Jac . . . wel, roedd e'n gwbl annioddefol.

Roedd pethau'n wael, ac yn debygol o waethygu. Beth am yr holl hwyl a'r pleser roedd Alys wedi'u haddo i mi? Roedd yn amlwg erbyn hyn fod yr wythnos ro'n i wedi edrych 'mlaen gymaint ati yn mynd i fod yn drychinebus. Doedd e ddim yn deg. Man a man i mi fod wedi aros gartre. Gan na fyddwn i wedi disgwyl cael unrhyw hwyl yn y fan honno, fyddwn i ddim yn teimlo'n siomedig.

Fel roedd y deigryn cyntaf yn disgyn o'm llygad, rhuthrodd Alys i mewn i'r stafell. Clepiodd y drws y tu ôl iddi a thaflu'i hun ar y gwely wrth f'ymyl. 'Ro'n i'n iawn!' sibrydodd yn llawn cyffro. 'Ro'n i'n gwybod bod rhywbeth yn mynd 'mlaen. Sut gallai hi wneud hyn i ni?'

Ceisiais esgus 'mod i ar fin tisian, er mwyn gallu sychu fy nagrau. Ond roedd Alys yn llawer rhy llawn o'i drama ei hun i gymryd unrhyw sylw ohono i.

'Caradog. Dyna'i enw fe. Pa fath o enw twp yw hwnna, dwed? Ac roedd Mam yn ei ddweud drosodd a throsodd – "Ie, Caradog" a "Nage, Caradog," ac "Rwyt ti'n berffaith gywir, Caradog." Ro'n i bron â chwydu dros ei dillad crand a'i sgidiau Prada hi. Trueni na wnes i – mae'n ei haeddu bob tamaid.'

'Oes 'na unrhyw siawns taw jest ffrindiau'n nhw?' mentrais, er 'mod i eisoes yn gwybod beth fyddai'r ateb.

'Dim gobaith. Roedd hi'n llawer rhy neis-neis.'

'Pa fath o bethe roedd hi'n eu dweud?' holais, gan hanner ofni'r ateb.

Meddyliodd Alys am funud. 'Wel, doedd e ddim i gyd yn stwff lyfi-dyfi. A diolch byth, doedd 'na ddim sŵn swsian na dim byd felly. Maen nhw'n siŵr o fod yn cadw hynny tan iddyn nhw gwrdd. Roedd hi'n dweud pethau fel, "fe wnes i'n union fel awgrymaist ti," a "dim ots beth wna i, does dim byd yn tycio". Ac fe ddwedodd sawl tro bod Jac yn ymddwyn yn ofnadwy.'

'Wel, mae hynny'n wir, on'd yw e?' dywedais. Llithrodd y geiriau allan o 'ngheg heb i mi sylweddoli.

Neidiodd Alys ar ei thraed yn grac. 'Ydy mae e,' meddai, 'ond dwi ddim am i Mam ddweud hynny wrth bobl ddieithr. Mater i'r teulu'n unig yw e. Dyw Caradog ddim yn rhan o'r teulu – a fydd e byth, chwaith. Dim os ga i fy ffordd!'

'Wel,' dywedais yn ysgafn, 'os nad oedden nhw'n siarad yn gariadus gyda'i gilydd, falle dy fod ti'n becso am ddim byd.'

Er nad o'n i'n credu hynny am eiliad, ro'n i'n ceisio tawelu meddwl Alys. Roedd ei bochau'n fflamgoch, a'i llygaid yn rhy ddisglair o lawer.

Ysgydwodd ei phen yn drist a dweud,

'Diwedd y sgwrs oedd y rhan waetha. Roedd Mam yn dawel am amser hir; gallwn glywed ei lais e yn y cefndir, ond ddim yn ddigon clir i ddeall beth roedd e'n ei ddweud. Roedd Mam yn nodio bob hyn a hyn, ac yn chwarae gyda'i gwallt. Yn y diwedd, ochneidiodd a dweud, "Diolch i ti, Caradog. Mae dy alwadau ffôn di'n golygu cymaint i mi, w'st ti. Dyna'r unig beth sy'n fy nghynnal i drwy'r nos." '

'O na!' llefais, a difaru'n syth 'mod i wedi agor fy hen geg fawr. Ond doedd Alys ddim wedi sylwi, ta beth. Aeth yn ei blaen gan ddweud, 'Ac wedyn, meddai Mam, "Dwi'n methu aros i dy weld di eto. Bore fory? Un ar ddeg yn y lle arferol?" '

Eisteddodd Alys yn ôl ar y gwely, a chuddio'i hwyneb yn ei dwylo. Er ei bod hi'n dal i siarad, roedd ei llais yn aneglur. 'Os oes ganddyn nhw "le arferol", mae'r holl beth yn ddifrifol iawn. O, Meg, beth wna i?'

Gafaelais amdani heb ddweud gair. Ro'n i'n gwybod yn union beth roedd hi'n mynd i'w wneud. Ac ro'n i'n gwybod hefyd nad oedd gen i ddewis ond ei helpu hi.

# Pennod 6

Ac felly, y bore wedyn
– yn union fel ro'n i
wedi'i ofni – roedd
Alys a fi'n llercian
wrth ymyl y biniau
mawr ger y fynedfa i'r
fflatiau. Roedd 'na
oglau ffiaidd yno –
cymysgedd o fwyd
wedi pydru a
chewynnau brwnt. Ych
a fi! Roedden ni fel

dwy sbei mewn ffilm wael, yn trio peidio â
thynnu sylw aton ni'n hunain. Gan ei bod yn
rhewllyd o oer, ro'n i'n falch 'mod i wedi
gwrando ar Mam a gwisgo fy siaced gynnes i
ddod i Gaerdydd.

Roedd Alys wedi dweud wrth ei mam ein bod
ni'n bwriadu treulio'r diwrnod gydag un o'i
ffrindiau ysgol. Doedd gan Lisa fawr o
ddiddordeb, mewn gwirionedd. ''Na ni, 'te,'
meddai, 'gobeithio gewch chi ddiwrnod da.'
Byddai Mam wedi mynnu ffonio rhieni'r ferch i

wneud yn siŵr bod popeth yn iawn cyn gadael i ni fynd cam o'r lle. Hi sy'n iawn, sbo. Dyw Lisa byth yn holi ble mae Alys yn mynd – a 'drychwch beth sy'n digwydd iddi hi.

Aeth deng munud arall heibio, yn aaaaraf iawn. Do'n i ddim yn gallu teimlo fy nhraed, ac roedd fy nwylo'n goch ac yn boenus. Wrth i mi anadlu roedd cymylau mawr gwyn yn codi i'r awyr oer, ddrewllyd.

Rhois gynnig arall arni. 'Al,' dywedais, 'dyw hyn wir ddim yn syniad da. Bydd dy fam yn siŵr o'n gweld ni ar unwaith, ac fe fyddwn ni mewn trwbwl mawr.'

Gwgodd Alys ac ysgwyd ei phen. 'Na wnaiff ddim – fe wnawn ni'n siŵr o hynny.'

'A beth os bydd hi'n penderfynu mynd yn y car? Beth wnawn ni wedyn? Rhedeg ar ei hôl ar chwe deg milltir yr awr? Neu falle bydd 'na dacsi'n ymddangos o rywle, a gallwn ni neidio i mewn iddo fe a dweud wrth y gyrrwr, "Dilynwch y car 'na!" fel sy'n digwydd mewn ffilmiau. Dyna beth sy gen ti mewn golwg?'

Wnaeth Alys ddim hyn yn oed gwenu ar fy jôc wael. 'Na,' meddai'n bendant, 'mae Mam yn cerdded i bobman. Anaml iawn mae hi'n mynd yn y car.'

Ond do'n i ddim yn bwriadu ildio mor hawdd â hynna. Ro'n i'n oer ac yn grac ac yn biwis. 'Ond beth os yw hi'n cwrdd â'r boi 'ma filltiroedd o fan hyn? Falle bod eu "lle arferol" ar ochr arall y ddinas a'i bod hi'n bwriadu gyrru yno. Beth wedyn?'

Meddyliodd Alys am funud cyn gwenu'n llydan. Ro'n i'n gwybod beth fyddai'n hi'n ddweud cyn iddi hi hyd yn oed agor ei cheg.

'Os digwyddith hynny, bydd raid i ni jest alw heddiw yn ymarfer, a fory gallwn ni guddio yng nghefn y car cyn iddi adael y fflat.'

A minnau'n crynu o oerfel yn fy nghuddfan ddrewllyd, ro'n i'n gweddïo na fyddai Lisa – pan fyddai'n ymddangos o'r diwedd – yn cario allweddi'r car yn ei llaw.

Buon ni'n gwylio wrth i'r drysau agor a chau gannoedd o weithiau. Ond yng nghanol yr holl fynd a dod doedd dim golwg o Lisa a Jac.

'Falle nad yw hi'n dod wedi'r cwbl,' mentrais. 'Falle bod Caradog wedi ffonio i ganslo. Falle bod dy fam wedi newid ei meddwl. Falle'i bod hi wedi dod ati'i hun o'r diwedd a phenderfynu ei ddympio . . .' Bron i mi ychwanegu, *Neu falle'i fod e wedi dod ato'i hun a phenderfynu ei dympio hi* . . . Ond, rhywsut, llwyddais i frathu fy nhafod.

'Na, mae hi'n siŵr o ddod. Mae 'na ddigon o amser ar ôl.'

Edrychais ar fy watsh – dim ond hanner awr wedi deg oedd hi. Yn anffodus, roedd Alys yn iawn.

Dechreuais feddwl tybed oedd modd i rywun farw o oerfel yng Nghaerdydd ym mis Chwefror? Trueni bod y sgarff a'r menig yng nghefn y wardrob yn Aber. Byddai siwmper neu ddwy ychwanegol yn dda hefyd, a phâr neu ddau o sanau trwchus . . . a falle het wlân gynnes.

'Dwyt ti ddim yn oer?' gofynnais i Alys.

'Na, dwi'n iawn,' atebodd.

Roedd hi'n dweud celwydd. Roedd ei gwefusau'n las a phennau'i bysedd yn wyn. Ro'n i wedi clywed am bobl yn colli'u bysedd oherwydd oerfel – allai hynny ddigwydd i ni, tybed? Do'n i, o leiaf, ddim yn fodlon aberthu fy mysedd jest er mwyn gwybod pwy oedd cariad Lisa. Roedd yn *rhaid* i mi berswadio Alys bod y syniad yn un cwbl wallgo.

Dechreuais siarad mewn llais person call, cyfrifol. 'Nawr 'te, Alys. Beth am i ni anghofio am y syniad twp 'ma? Mae gen i ddigon o arian, a gallen ni gael siocled poeth yn y caffi 'na soniaist ti amdano – gyda llwythi o falws melys ar y top.

Wedyn gallen ni fynd i'r sinema – fy nhrît i. Beth amdani?'

Edrychodd Alys arna i a dweud, 'O-cê, falle . . .'

Ro'n i wedi fy syfrdanu, rhaid cyfadde. Do'n i ddim yn disgwyl iddi ildio mor hawdd. Y siocled poeth oedd wedi troi'r fantol, siŵr o fod – yn enwedig y malws melys ar y top. Roedd Alys wrth ei bodd gyda nhw.

Ond aeth Alys yn ei blaen. 'Iawn, dos di. Joia dy siocled poeth a'r malws melys. Dos i'r sinema hefyd, os wyt ti'n moyn – dim ots gen i. Ond dwi'n bwriadu aros yma. Mae gen i jobyn i'w gwneud, a dwi ddim yn bwriadu symud cam o'r lle nes bydda i wedi llwyddo.'

Doedd gen i ddim awydd mynd i unman ar ben fy hun. A beth bynnag, roedd Alys yn edrych mor drist ac unig. Fedrwn i mo'i gadael hi yno. Meddyliais sut baswn i'n teimlo tasai Mam yn penderfynu mynd â Seren a fi i fyw ymhell oddi wrth Dad a'm ffrindiau i gyd. A sut baswn i'n teimlo tasai Mam yn dechrau mynd mas gyda rhyw ddyn arall?

Er mor annhebygol oedd hynny, ro'n i'n gwybod yn iawn sut byddai Alys yn ymateb. Fyddai hi ddim yn betrus ac yn ofnus fel fi. Na, fe fyddai hi'n gwneud ei gorau glas i'm helpu, heb gyfri'r gost. Dyna beth yw ffrind go iawn – fyddai hi ddim yn ildio nes bod popeth yn iawn unwaith eto.

'Sorri, Alys, do'n i ddim yn ei feddwl e,' dywedais. 'Os wyt ti'n aros, fe arhosa innau hefyd wrth gwrs. Dim problem.'

'Dwi'n deall yn iawn,' meddai Alys. 'Fy mhroblem i yw hon. Ddylwn i fyth fod wedi dy dynnu di i mewn i'r helynt – roedd hynna'n beth annheg iawn i'w wneud. Dos di os wyt ti'n moyn. Galla i esbonio i ti ble i fynd, a pha fws i'w ddal. Fe wna i ddilyn Mam i weld ble mae hi'n mynd, a threfnu i gwrdd â ti yn nes 'mlaen. Wir i ti, bydd popeth yn iawn.'

Ro'n i'n gwybod ei bod yn siarad o'r galon. Ro'n i'n gwybod hefyd y byddai hi'n aros yn y fan hon, yng nghanol y biniau drewllyd, nes iddi droi'n floc o rew, neu golli'i bysedd a bysedd ei thraed – fel ddigwyddodd i ryw fynyddwr druan welais i ar y teledu'n ddiweddar. Weithiau, roedd Alys yn rhy benderfynol er ei lles ei hun.

Meddyliais am y siocled poeth, a dychmygu lapio fy mysedd rhewllyd o gwmpas y cwpan mawr. Bron y gallwn i flasu'r malws melys yn toddi ar fy nhafod. Ond roedd Alys yn ffrind i mi – ac roedd arni fy angen.

Neidiais lan a lawr gan chwythu ar fy nwylo oer, a cheisio gwenu. 'Hy! Pwy sy angen siocled poeth ar ddiwrnod braf fel hyn?' dywedais yn siriol.

Gwenodd Alys â'i gwefusau glas, a chytunodd y ddwy ohonon ni i aros.

# Pennod 7

Tua chwarter i un ar ddeg, agorodd drysau'r fflatiau unwaith eto. Pwniodd Alys fi'n ysgafn, a phwyntio. 'Dacw nhw,' sibrydodd. 'Barod?'

Cerddodd Lisa a Jac tuag atom yn araf. Gafaelodd Alys yn fy llawes a 'nhynnu'n bellach y tu ôl i'r biniau. Roedd y drewdod yn waeth fyth yn y fan honno, a bu bron i mi sgrechian wrth sathru mewn rhywbeth meddal, ych a fi. Fentrais i ddim edrych i weld beth oedd e . . .

Roedd llais cwynfanllyd Jac yn dod yn nes ac yn nes. 'Sa i'n moyn mynd i'r Feithrinfa,' protestiodd. 'Dwi'n moyn aros gartre i wylio'r teledu.'

'Bydd e'n hwyl, Jac! Gei di chwarae gyda dy ffrindiau bach. A dwi'n siŵr y

bydd 'na ddiod o sgwash a bisgedi siocled i ti.
Dyna braf, ontefe?' meddai Lisa yn llawn
brwdfrydedd.

'*Sa i'n moyn mynd!*' protestiodd Jac yn wyllt,
a'i lais yn codi'n uwch ac yn uwch.

Erbyn hyn, roedden nhw'n agos iawn aton ni,
a chlic-clac sgidiau uchel Lisa'n llenwi fy
nghlustiau. Ro'n i'n trio peidio anadlu, er y
byddai llais Jac wedi boddi unrhyw sŵn. Trwy'r
bwlch rhwng dau fin sbwriel, gallwn weld y
ddau'n cerdded heibio – Jac yn snwffian crio, a
Lisa'n ei dynnu gerfydd ei fraich.

O, *na!* meddyliais wrth weld Lisa'n cerdded
heibio giatiau'r maes parcio ac anelu am ei char.
Tynnodd yr allweddi o'i bag ac agor drws y
gyrrwr. Edrychodd Alys yn herfeiddiol arna i.
Ro'n i'n gwybod yn iawn beth oedd yn mynd
trwy'i meddwl – roedd hi eisoes yn cynllunio sut
gallen ni guddio yng nghefn car ei mam y bore
wedyn. Teimlwn yn dost wrth feddwl am y peth.
Caeais fy llygaid a gwrando am sŵn yr injan yn
tanio . . .

Ond ddigwyddodd dim byd. Yn sydyn,
caewyd drws y car yn glep, a chlywais lais Lisa
unwaith eto. 'Dyna ni, Jac – nawr 'mod i wedi
cael fy ambarél, fydd dim rhaid i ni fecso os daw

hi i fwrw glaw. Dere nawr, bach. Dy'n ni ddim yn moyn bod yn hwyr i'r Feithrinfa.'

Whiw – diolch byth! Gwenodd Alys a fi ar ein gilydd. Erbyn hyn, roedd Lisa a Jac yn diflannu rownd y gornel, allan o'n golwg.

'Dere, brysia,' sibrydais, 'neu fe fyddwn ni'n eu colli nhw.' Nawr bod y cynllun ar waith o'r diwedd, do'n i ddim eisiau iddo fethu. Fel arall, byddai Alys yn siŵr o feddwl am rywbeth mwy gwallgo fyth!

'Mae'n iawn – does dim brys,' meddai Alys gan gamu allan o'i chuddfan. 'Bydd raid iddyn nhw fynd i'r Feithrinfa gynta, a dwi'n gwybod ble mae honno. Does dim pwynt i ni fentro heb angen – gallwn ni ymlacio am sbel.'

Ac wrth i ni grwydro'n hamddenol ar hyd y ffordd, dechreuais feddwl tybed oedd bywyd pob merch fy oedran i mor gymhleth â hyn?

Ymhen rhyw bum munud, roedden ni'n sefyll y tu allan i'r Feithrinfa. Doedd dim golwg o Lisa a Jac yn unman. 'Tybed y'n ni wedi'u colli nhw?' gofynnais i Alys, gan geisio peidio swnio'n falch.

Ches i ddim ateb. Yn hytrach, gafaelodd Alys yn fy mraich a'm llusgo draw at glwstwr o lwyni yr ochr arall i'r ffordd. Doedd dim biniau fan hyn, ond roedd y lle yr un mor ddrewllyd.

Gwingais wrth geisio osgoi'r pentyrrau o faw ci – roedd e ym mhobman! *Fu dim raid i Sherlock Holmes wynebu sefyllfa fel hon erioed*, meddyliais. *Dyw e jest ddim yn deg!* O'r diwedd, dois o hyd i batshyn glân o bridd i sefyll arno i aros . . . ac aros.

Ymhen hir a hwyr, agorodd drysau'r Feithrinfa a chamodd Lisa allan. Tynnodd ei sbectol haul o'i bag a'i gosod yn ofalus ar dop ei phen. Yna taclusodd ei gwallt, edrych arni'n hun mewn drych bach, a dechrau cerdded i lawr y ffordd.

'Iawn, Meg,' sibrydodd Alys. 'I ffwrdd â ni – yn ofalus. Rhy agos, a bydd hi'n ein gweld. Rhy bell, ac mae siawns y byddwn ni'n ei cholli. Tua hanner can metr fyddai orau – wyt ti'n cytuno?'

Bron iawn i mi chwerthin yn uchel. Ers pryd roedd Alys yn arbenigwr ar ddilyn pobl? Roedd ei gwybodaeth hi, fel f'un i, yn dod o wylio gormod o raglenni ditectif ar y teledu – a phrin bod rhywun yn gallu dibynnu ar y rheiny!

Ond nid hwn oedd y lle na'r amser i ddadlau, felly brathais fy nhafod a chripian y tu ôl i Alys allan o'r llwyni. Roedd rhyw fenyw'n mynd heibio, yn gwthio plentyn bach mewn bygi. Edrychodd yn amheus iawn arnon ni, ond gwenodd Alys a dweud, 'Ry'n ni'n gwneud ymchwil ar gyfer ein gwaith cartref – prosiect ar faw ci yn y ddinas!' Prysurodd y fenyw i ffwrdd heb ddweud gair.

Erbyn hyn, roedd hi'n tynnu at un ar ddeg o'r gloch. Doedd Lisa ddim ar unrhyw frys, felly rhaid nad oedd y 'lle arferol' yn bell i ffwrdd. Cymerodd Alys a fi ein hamser wrth ei dilyn, gan geisio peidio tynnu sylw aton ni'n hunain.

Yna, yn ddirybudd, trodd Lisa i mewn i siop fach yn gwerthu losin. Stopiodd Alys a fi yn ein hunfan, gan gymryd arnom edrych yn ffenest rhyw siop ffonau ychydig lathenni i ffwrdd.

'Beth nawr?' holais. 'Prin ei bod hi'n cwrdd â'i chariad mewn siop losin!' Ond yna meddyliais am rywbeth. 'Hei – falle taw perchennog y siop yw e! Os bydd dy fam yn ei briodi, fe gei di losin am ddim am weddill dy fywyd!'

'Ha ha, doniol iawn,' meddai Alys yn grac. 'Arhoswn ni iddi ddod mas cyn penderfynu beth i'w wneud nesaf.'

'Ond beth os bydd hi'n dianc drwy'r drws cefn, a ninnau'n ei cholli hi?'

'Pam yn y byd y byddai hi'n gwneud hynny?' gofynnodd Alys yn wawdlyd. 'Does ganddi ddim syniad ein bod ni'n ei dilyn!'

Alys oedd yn iawn, wrth gwrs. 'Wel, gobeithio na fydd hi'n hir, ta beth,' cwynais. 'Dim ond nawr dwi'n dechrau teimlo fy nhraed eto.'

'A fi hefyd,' cyfaddefodd Alys. 'Diolch am aros gyda fi. 'Drycha – dacw hi!'

Wrth i Lisa gerdded allan o'r siop losin, gwasgodd Alys a fi y tu ôl i bostyn lamp. Tasai hi wedi digwydd edrych i'r cyfeiriad iawn, byddai Lisa'n siŵr o fod wedi'n gweld – prin y gallai dwy ferch un ar ddeg oed guddio y tu ôl i bostyn lamp cyffredin! Ond diolch byth, roedd hi'n canolbwyntio ar agor pecyn o gwm cnoi.

'Hy! 'Drycha arni hi!' cwynodd Alys. 'Mae hi'n gwrthod gadael i mi gael dim o'r "hen stwff erchyll 'na"– dyw e ddim yn addas ar gyfer merched ifanc, mae'n debyg – a dacw hi, yn brysur yn ei gnoi e ei hun!'

'Falle bod ei hanadl hi'n drewi,' dywedais yn ddifeddwl. *Wps!* meddyliais yn sydyn. *Doedd hynna ddim yn beth call i'w ddweud!*

Ond doedd Alys ddim yn becso. 'Mae hi eisiau blas mint ar ei hanadl cyn rhoi sws i'w chariad, sbo,' meddai'n chwerw.

Yn fuan wedyn, daethon ni at res o siopau bach. Stopiodd Lisa – oedd tua 50 metr o'n blaenau – a thacluso'i gwallt unwaith eto. Er bod y tywydd yn rhewllyd o oer, agorodd fotymau ei chôt a gadael iddi ryw arnofio y tu ôl iddi.

Cododd ei phen yn uchel, a dechrau cerdded fel y modelau 'na ar y teledu. Roedden ni'n amlwg yn agosáu . . .

Tynnodd Lisa facyn papur o'i phoced, rhoi'r gwm cnoi ynddi, a'i thaflu i mewn i fin cyfagos. Edrychodd ar ei watsh, fflicio'i gwallt unwaith eto, a cherdded i mewn i gaffi bach cyffredin iawn yr olwg.

Roedden ni wedi cyrraedd. Dyma, felly, oedd y 'lle arferol', a Lisa ar fin cwrdd â'i chariad.

Yn sydyn, do'n i ddim yn teimlo'n oer. Ro'n i'n teimlo'n dost – yn dost iawn.

# Pennod 8

Sleifiodd y ddwy ohonon ni ar hyd y palmant tuag at y caffi. Rhyw le digon anniben oedd e – y paent llwyd ar y drws wedi plisgo, a'r ffenest wedi'i haddurno â rhuban hyll o faw adar. *Taswn i'n mynd ar ddêt arbennig,* meddyliais, *dyma'r lle ola faswn i'n ei ddewis!*

Safodd Alys wrth gornel y ffenest, lle gallai weld beth oedd yn digwydd y tu mewn.

'Mae hi'n sefyll yn y ciw,' sibrydodd Alys.

*Trueni na allai Lisa ymddwyn fel mam normal am unwaith*, meddyliais. *Beth sy'n bod ar gael paned dawel gartre, cyn gwneud y golch neu'r smwddio? Gallen ni'n dwy fwynhau'r diwrnod wedyn, yn lle gorfod llercian o gwmpas y lle.*

Ond na, doedd dim gobaith o hynny. 'Mae hi

bron wedi cyrraedd y til,' ychwanegodd Alys. 'Ac mae 'na ddau gwpan ar ei hambwrdd . . .'

Wnes i ddim hyd yn oed trafferthu meddwl falle bod Lisa'n ddigon sychedig i fod ag angen dwy baned o goffi, neu ei bod yn gweld rhyw ffrind roedd wedi cwrdd â hi ers dod i Gaerdydd. Na, roedd hyn yn ddifrifol – yn ddifrifol iawn . . .

Symudais yn agosach. 'Fedri di weld y byrddau?' holais. 'Oes 'na ddyn yn eistedd ar ei ben ei hun o gwbl?'

'Na, dwi ddim yn credu,' atebodd Alys. 'Menywod yw'r rhan fwya ohonyn nhw. Mae'r lle fel cyfarfod o Ferched y Wawr.' Syllodd eto drwy'r ffenest. 'Na – arhosa eiliad – mae 'na un dyn yn eistedd yn y gornel bella.'

'Ydy e ar ei ben ei hun?' holais yn betrus.

'Ydy, hyd yn hyn. Ond mae Mam yn dal yn y ciw – falle'i fod e'n aros iddi hi fynd draw. Na . . . allai e ddim bod . . . fyddai hi ddim . . . mae e'n . . .'

'Beth sy'n bod?' holais yn ddiamynedd.

''Drycha arno fe, Meg – y boi sy'n eistedd nesa at y planhigyn acw.'

Syllais arno. Syllais eto. Fedrwn i ddim credu'r peth . . . nid Caradog oedd hwn, siawns? Nid hwn oedd cariad Lisa? Nid hwn allai fod, rhyw ddiwrnod, yn llystad i Alys?

Dyn tal, tenau, oedd e. Ar dop ei ben roedd un cudyn hir o wallt seimllyd yn ymestyn o un glust i'r llall. Heblaw am y cudyn hwnnw, roedd e'n gwbl foel. Gwisgai siwt lwyd olau, a'i defnydd rhad yn sgleinio, ac am ei draed roedd pâr o drênyrs budr. Roedd e'n bwyta clamp o gacen fawr, a'r hufen yn gwasgu allan ohoni dros ei geg i gyd. Wrth i mi ei wylio, chwythodd ei drwyn ar facyn brwnt, a'i ddefnyddio wedyn i sychu'i geg. Teimlwn yn swp sâl. Fedrwn i ddim dychmygu sut roedd Alys yn teimlo, ond roedd pob diferyn o liw wedi diflannu oddi ar ei bochau.

'Fasai Mam byth . . .' sibrydodd.

Ac yn sydyn, ro'n i'n gwybod ei bod hi'n dweud y gwir. Fasai Lisa byth yn mynd yn agos at foi fel yna. Doedd e jest mo'i theip hi. Roedd ganddi ormod o feddwl o'i hymddangosiad a'i dillad ac ati i fod â diddordeb mewn dyn mor anniben yr olwg. Heb sôn am rywun oedd yn defnyddio macyn brwnt i sychu'i geg! Ych a fi!

Gwenodd Alys a fi ar ein gilydd mewn rhyddhad.

Ond pharodd y teimlad ddim yn hir. O fewn ychydig eiliadau roedd Alys yn pwnio fy mraich ac yn sibrwd, "Drycha, Meg. Betia i taw hwnna yw e, draw fanna. Dyna'r math o foi fyddai Mam yn ei hoffi.'

Roedd hi'n cyfeirio at ddyn oedd yn sefyll ar ochr arall y ffordd, yn aros i groesi. Roedd e'n ifanc – wel, yn iau na Lisa o leia. Gwisgai siaced a throwsus smart, ac yn ei law roedd briffces lledr drud yr olwg. Roedd ei wallt wedi'i steilio'n ofalus, a'n hargraff gyffredinol ni ohono oedd ei fod yn edrych yn eitha cŵl.

Ar ôl croesi'r ffordd, cerddodd y dyn draw tuag atom a ninnau'n esgus dangos diddordeb mawr yn y palmant o'n blaenau. O leia fe gawson ni olwg glir ar ei draed – doedden nhw ddim yn rhy fawr nac yn rhy fach, ac roedd ei sgidiau lledr yn smart iawn. Gwyliais wrth iddo fynd i mewn i'r caffi, gan adael chwa o bersawr siafio ar ei ôl. Doedd gen i ddim profiad personol o'r fath beth, ond tybiwn ei fod yn edrych yn debyg i ddyn oedd yn mynd ar ddêt arbennig.

'Fe yw e, ti'n credu?' gofynnais i Alys.

'Wel, does ond un ffordd o ffeindio mas,' meddai. A heb unrhyw rybudd gwaeddodd ar dop ei llais, 'Caradog!'

Trodd y dyn, ond erbyn hynny roedd Alys wedi fy ngwthio i mewn i ddrws siop gyfagos, allan o'r golwg. Edrychodd Caradog o'i gwmpas yn ddryslyd am ychydig eiliadau, cyn diflannu i mewn i'r caffi.

Roedd Alys mewn sioc, a symudodd hi 'run fodfedd o'i chuddfan. Ond ro'n i'n rhy fusneslyd i adael pethau i fod. Symudais at y ffenest a gwylio'r dyn yn sefyll wrth ddrws y caffi gan edrych o'i gwmpas. Roedd gen i deimlad cryf nad oedd hyn yn mynd i ddiweddu'n hapus.

Roedd Lisa bellach yn eistedd wrth fwrdd o flaen y ffenest, a'i chôt wedi'i phlygu'n daclus ar gadair gyfagos. Gallwn ei gweld yn glir. Roedd hi'n chwarae â'i mwclis ag un llaw, a bysedd y llaw arall yn tapio'r bwrdd yn rhythmig. Rhaid ei bod hi'n teimlo'n nerfus – fyddai hi byth fel arfer yn gwneud unrhyw beth allai niweidio'i hewinedd hir, ffug.

Yna edrychodd i fyny a gweld Caradog yn dod i mewn. Gwenodd a chwifio'i llaw. Wrth i Caradog gerdded tuag ati, estynnodd ei llaw iddo a gafaelodd yntau ynddi â'i ddwy law – yn union fel pobl ar y teledu pan maen nhw'n trio creu argraff ar rywun. Roedd y ddau ohonyn nhw'n gwenu'n llydan ac yn edrych yn hapus yng nghwmni'i gilydd. Edrychais ar Alys – roedd hi'n dal i astudio'r craciau yn y palmant. Llawn cystal, falle – do'n i ddim yn awyddus iddi weld beth oedd yn digwydd yn y caffi.

Edrychais ar y ddau eto. Roedd Caradog yn dal i afael yn llaw Lisa. Pa mor hir oedd hyn yn mynd i bara? Ac yna – *o na!* – pwysodd Caradog ymlaen a rhoi sws i Lisa ar ei boch.

Ro'n i'n gegrwth. Yr unig beth ar fy meddwl y funud honno oedd eistedd yn swp ar y palmant oer, brwnt, a llefain y glaw, gan adael i 'nagrau fy ngolchi i ffwrdd i rywle'n ddigon pell o'r hen le diflas yma.

# Pennod 9

Wrth gwrs, doedd gen i ddim awydd o gwbl dweud wrth Alys beth ro'n i wedi'i weld. Felly roedd yn rhaid iddi fy mherswadio. Cymerodd hynny tua 22 eiliad – oedd yn dipyn o gamp, hyd yn oed i Alys.

Chwarae teg, gwrandawodd yn ofalus ar yr hyn oedd gen i i'w ddweud. Wnaeth hi ddim gweiddi na sgrechian, na stampio'i throed yn grac. Wnaeth hi ddim mynnu rhedeg i mewn i'r caffi a gofyn i Caradog pam yn y byd roedd e wedi rhoi sws i'w mam. Ro'n i'n hen gyfarwydd â gweld Alys yn ymddwyn yn wyllt – ond doedd gen i ddim syniad beth i'w wneud â'r ferch dawel, ddifrifol oedd yn sefyll wrth fy ochr.

Cerddodd y ddwy ohonon ni'n araf yn ôl i'r

fflat. Aeth Alys yn syth i'w hystafell, a gorwedd ar y gwely gan syllu ar y nenfwd. Es innau i'r gegin i wneud paned o siocled poeth i ni. Ond er i mi droi a throi'r llaeth, ni fedrwn yn fy myw greu ffroth fel sy yn y ddiod maen nhw'n ei gweini mewn caffis. Dodais lond gwlad o falws melys pinc ar y top, a chwilota yn y cypyrddau am baced o fisgedi siocled. Rhoddais rai ohonyn nhw ar blât, gosod y cyfan yn daclus ar hambwrdd, a'u cario i stafell Alys. Wyddwn i ddim beth arall i'w wneud.

'Diolch,' meddai Alys wrth i mi osod y siocled a'r bisgedi o'i blaen. Ond gadawodd i'r ddiod oeri, a chyffyrddodd hi ddim â'r bisgedi. Ro'n i'n gwybod bryd hynny bod pethau'n ddrwg iawn.

Eisteddais innau i sipian fy siocled, a dychmygu beth faswn i'n ei wneud taswn i adre nawr. Nid yn yfed siocled a bwyta bisgedi, roedd hynny'n sicr! Ond beth bynnag oedd e, allai e byth fod mor ddiflas â hyn. Ro'n i ar dân eisiau helpu Alys, a gwneud pethau'n well iddi hi, ond wyddwn i ddim sut. Ac os oedd y bisgedi siocled wedi methu, pa obaith oedd gen i? Yr unig beth ro'n i wedi dymuno amdano oedd cael treulio ychydig ddyddiau'n mwynhau cwmni fy ffrind gorau – oedd hynny'n ormod i'w ofyn?

Buon ni'n eistedd mewn tawelwch am hydoedd. O'r diwedd, agorodd Alys ei cheg ond roedd ei llais yn swnio'n wahanol, bron fel tasai hi wedi anghofio sut i siarad. Do'n i erioed wedi ei gweld yn aros yn dawel am gymaint o amser.

'Wyt ti'n berffaith siŵr ei fod e wedi'i chusanu hi?' holodd.

'Ydw – ond dim ond ar ei boch, cofia.'

'Ie, ac felly . . ?'

'Falle taw dim ond ffrindiau y'n nhw. Mae 'na lot o ffrindiau'n cusanu wrth gwrdd y dyddiau hyn.'

Do'n i ddim yn credu gair o'r hyn ro'n i'n ei ddweud, wrth gwrs. Trueni 'mod i wedi sôn o gwbl wrth Alys am y peth.

'Tybed pryd fydd Mam yn dweud wrthon ni? Pa mor hir nes iddi ddod ag e i'r fflat i gwrdd â ni?' Newidiodd ei llais, a swniai'n union fel ei mam wrth ddweud, '*Blant – dewch i gwrdd â Caradog, fy ffrind arbennig i.*'

Rholiodd ar ei bola ar y gwely, a dechrau ffustio'r gobennydd. 'Chaiff hi ddim gwneud hyn i ni,' mynnodd. 'Chaiff hi *ddim!*'

Teimlwn yn anghyfforddus iawn wrth wrando arni. Pam na allai Alys dderbyn bod pethau gwael yn digwydd weithiau mewn bywyd? Pam oedd hi wastad yn credu ei bod yn gallu newid pethau?

'Falle na fydd pethau mor wael ag wyt ti'n feddwl,' mentrais. 'Falle gallwch chi ddod i arfer â'r peth – mae plant eraill yn gorfod gwneud.'

Cododd Alys ar ei heistedd a syllu'n gas arna i. 'Wel, dydw i ddim fel "plant eraill". Wna i byth ddod i arfer. Wna i byth ei hoffi, na siarad gydag e. Wna i *ddim* gadael iddo fe ddod i mewn i'n teulu ni a difetha popeth. Dwi'n bwriadu . . .'

'Bwriadu beth?' holais yn ddiniwed.

Gwenodd Alys, ond heb ateb fy nghwestiwn.

'Dere nawr,' dywedais. 'Dwed wrtha i.' Unwaith eto, ro'n i'n ofni beth fyddai ei hateb.

Petrusodd Alys am ychydig cyn siarad eto. 'Dwi newydd feddwl am rywbeth,' meddai. 'Dwi'n gwybod yn union beth i'w wneud. Rhaid i mi fod mor afresymol, mor ofnadwy ac mor ffiaidd nes bod Caradog yn penderfynu nad yw Mam yn werth y drafferth. Dwi am wneud yn siŵr na fydd e byth yn rhan o'n teulu ni!'

O na! Dechreuais ddychmygu pob math o sefyllfaoedd erchyll allai godi. Gallai pethau fynd yn flêr iawn. Er 'mod i'n awyddus i helpu Alys, doedd hyn byth yn mynd i weithio. Byddai'n drychineb o'r radd flaenaf. Roedd yn rhaid i mi roi stop ar ei chynllun peryglus cyn i bethau fynd yn rhy bell.

'Dyw dy fam ddim yn dwp,' dywedais. 'Bydd hi'n gwybod yn iawn beth yw dy hen dric di. Wnaiff hi ddim gadael i ti fynd 'mlaen â'r peth. Bydd hi'n dy ladd di!'

Ro'n i o ddifri. Dwi wedi gweld Lisa'n mynd i dymer wyllt dim ond wrth dorri un o'i hewinedd. Fedrwn i ddim dychmygu sut byddai hi'n ymateb i gynllun Alys.

'Ie, wel,' meddai Alys yn ddidaro. 'Falle bydd hi braidd yn grac ar y dechrau, ond fe fydd hi'n diolch i mi yn y diwedd. Mewn gwirionedd, gwneud ffafr â hi faswn i – ond falle na fydd hi'n sylweddoli hynny am sbel.'

Cododd y ddiod siocled oddi ar y llawr. Er ei fod yn oer erbyn hyn, yfodd e ar ei thalcen cyn sychu'i cheg ac eistedd yn ôl ar y gwely. 'Fory fydd y diwrnod mawr,' meddai. 'Nawr 'te, ble ddechreuwn ni?'

* * *

Ugain munud yn ddiweddarach, roedd Alys a fi'n eistedd ar lawr y lolfa, a chlamp o lyfr mawr o'n blaenau. Gwyddoniadur meddygol oedd e, y llyfr mwyaf erchyll i mi ei weld erioed. Roedd y lluniau'n frawychus – ac yn sicr yn anaddas i unrhyw un dan 18 oed. Doedden nhw ddim yn ffit i berson sensitif fel fi eu gweld, roedd hynny'n siŵr.

Roedden ni eisoes wedi diystyru sawl salwch difrifol – yn cynnwys y frech goch a'r dwymyn doben – oherwydd na fyddai modd eu ffugio.

Erbyn hyn, ro'n i wedi diflasu, a rhai o'r lluniau yn y llyfr yn gwneud i mi deimlo'n wirioneddol dost. Ro'n i'n gwybod y byddwn yn cael hunllefau drwy'r nos wrth ddychmygu hen lympiau a chreithiau ych a fi yn tyfu dros fy nghorff i gyd. Roedd yn rhaid dod o hyd i rywbeth addas – a hynny ar frys.

O'r diwedd, trois at dudalen yn agos at ddechrau'r llyfr. 'Dyma ni!' dywedais yn gyffrous. 'Jest y peth – 'pendics!'

Cipiodd Alys y llyfr o'm llaw a dechrau darllen. 'Hmm,' meddai'n siomedig. 'Dyw e ddim yn wreiddiol iawn, nac yn ddramatig.'

Gallwn fod wedi'i phwnio hi am ei diffyg brwdfrydedd. Mae Alys yn ffodus iawn 'mod i'n ferch mor ffein. 'Does dim *rhaid* iddo fod yn wreiddiol, Al,' protestiais. 'Nid cystadleuaeth ysgrifennu creadigol yw hon. Ond *mae'n* rhaid

iddo fod yn rhywbeth sy'n argyhoeddi dy fam
ein bod ni'n dweud y gwir.'

'Ti'n iawn, sbo,' cytunodd Alys. 'Nawr 'te,
beth yw'r symptomau?' a dechreuodd redeg ei
bys i lawr y rhestr. 'Poen yn ochr dde'r bola, dim
archwaeth bwyd, teimlo'n dost, anadl ddrewllyd
. . . iawn, dim problem, dwi'n credu y galla i
ddod i ben â'r rheina i gyd.'

Caeodd y llyfr yn glep a'i osod yn ôl ar y silff.
'Popeth wedi'i setlo, felly,' meddai. 'Bore fory,
rhwng naw a deg o'r gloch, dwi'n mynd i gael
pwl cas o'r 'pendics.'

Do'n i ddim yn hapus o gwbl. Yr unig reswm
pam 'mod i wedi awgrymu 'pendics oedd i
dynnu sylw Alys oddi wrth glefydau llawer mwy
eithafol. Heblaw amdana i, byddai'n debygol o
geisio ffugio torri'i choes, neu fraich, neu
rywbeth tebyg. Gallai hyd yn oed drefnu i gael
damwain go iawn. Does dim stop ar Alys pan
fydd hi wedi rhoi ei meddwl ar rywbeth.

'Dwi'n becso amdanat ti, Al,' mentrais. 'Hyd
yn oed os bydd dy fam yn dy gredu di, beth
wedyn?'

'Bydd raid iddi ganslo'r dêt gyda Caradog.'

'A pha wahaniaeth wnaiff hynny? Yr unig beth
wnaiff hi fydd ei ffonio i drefnu cwrdd rhyw

ddiwrnod arall. O waw! Neu wyt ti'n bwriadu ffugio 'pendics bob dydd am weddill dy fywyd?'

'Nac ydw siŵr, y dwpsen. Mae'n eitha sicr nad oes gan Caradog blant – mae'n edrych yn llawer rhy lân a thrwsiadus i fod yn dad. Dwi'n bwriadu dangos iddo fe gymaint o boen ydy plant. Maen nhw wastad yn difetha pethau i'w rhieni – ry'n ni'n dda iawn am wneud hynny! Buan iawn y bydd Caradog yn gweld beth sy orau iddo fe. Wedyn bydd yn gorffen gyda Mam, ac yn chwilio am ferch neis sy'n ddi-blant. Mae e'n foi digon golygus – gallith e wneud yn well iddo fe'i hun na bod gyda Mam a Jac a fi.'

Ochneidiais yn drwm. Fyddai hyn ddim mor syml ag roedd Alys yn ei obeithio. Doedd e byth.

'Iawn,' dywedais o'r diwedd. 'Bore fory, fe fyddi di'n esgus bod yn dost, a bydd dy fam yn canslo'i dêt gyda Caradog. Beth wedyn?'

Gwenodd Alys yn llydan. 'Dwi heb benderfynu eto. Ond bydd e'n rywbeth erchyll, galli di fod yn siŵr o hynny.'

Ac roedd y boen ges i yn fy mola y funud honno'n boen go iawn.

# Pennod 10

Fel ro'n i wedi'i
ofni, fe ges i
hunllefau
ofnadwy y
noson honno ar
ôl bod yn
darllen y llyfr
meddygol.
Mewn un
hunllef, roedd
fy llygaid yn
borffor ac wedi

chwyddo fel peli tennis. Rhaid 'mod i wedi
gweiddi yn fy nghwsg, oherwydd roedd Alys
wedi taflu un o'i chlustogau ataf a 'neffro. Aeth
hyn ymlaen am ran helaeth o'r nos, nes i Alys o'r
diwedd redeg allan o glustogau a 'ngorfodi i
gysgu'n anesmwyth tan y bore.

Y bore wedyn, ro'n i'n flinedig iawn.
Gorweddais ar y gwely sbâr yn stafell Alys a'm
llygaid ar gau. Trueni nad oedd gen i ddiwrnod
normal i edrych 'mlaen ato – trip i siopa, neu
falle i'r sinema. Byddai hyd yn oed diwrnod yn

cymoni'r fflat yn well na'r hyn oedd gan Alys mewn golwg. Yr unig obaith oedd ei bod wedi penderfynu dros nos na fyddai ei chynllun yn gweithio, ac y gallen ni fwynhau'r amser gyda'n gilydd.

Ond na, doedd dim gobaith o hynny. Gafaelodd Alys yn fy mraich a'm hysgwyd. 'Dere, Meg,' meddai. 'Amser codi. Mae ganddon ni waith i'w wneud – cofio?'

Sut gallwn i fod wedi *anghofio*?

Doedd dim pwynt dadlau gyda hi. Gwisgais yn gyflym a'i dilyn i mewn i'r gegin, lle roedd Lisa a Jac eisoes yn cael brecwast. Llenwais fy mowlen â grawnfwyd, heb hyd yn oed edrych ar y paced. Roedd unrhyw beth heblaw uwd organig Mam yn blasu'n dda. Eisteddodd Alys wrth fy ochr, ond chymerodd hi ddim brecwast. Roedd hi'n amlwg yn gwneud ei gorau glas i edrych fel petai'n teimlo'n dost. Doedd hi ddim yn fy nhwyllo i, wrth gwrs, a sylwodd Lisa ddim arni – roedd hi'n rhy brysur yn tendio ar Jac.

'Dwi'n moyn siwgr!'

'Ond, cariad bach, mae 'na lot o siwgr ynddo fe'n barod. 'Drycha – mae'n dweud ar y paced.'

'Dwi'n moyn *siwgr*!'

'O, olreit 'te.' A sgeintiodd Lisa lwyaid o

siwgr ar ben ei frecwast.

'Dwi'n moyn *mwy*, twpsen!'

'Dyma ti 'te, am dy fod di'n fachgen mor dda i Mami.'

*Helô*? Ar ba blaned oedd hon yn byw? Ers pryd oedd Jac yn fachgen da? Doedd e ddim yn angel pan oedden nhw'n byw yn Aberystwyth, ond erbyn hyn roedd e'n gwbl ffiaidd.

Hyd yn oed pan ochneidiodd Alys yn uchel, chymerodd Lisa ddim sylw ohoni. Roedd hi'n rhy brysur yn ceisio rhwystro Jac rhag gwagio cynnwys y bowlen siwgr dros ei frecwast.

Yn sydyn, griddfanodd Alys yn uchel. O'r diwedd, edrychodd ei mam arni. 'Beth yn y byd oedd y sŵn ofnadwy 'na?' holodd.

'Fi wnaeth e, Mam,' meddai Alys gan blygu 'mlaen a chydio yn ei bola. 'Dwi ddim yn teimlo'n dda o gwbl.'

Ochneidiodd Lisa'n ddiamynedd, a chodi i fynd at Alys. Gwelodd Jac ei gyfle a gwthio'i law i mewn i'r bowlen gan geisio stwffio'r siwgr i mewn i'w geg. Llifodd dros ei ddillad, y bwrdd a'r llawr. Yna gafaelodd Jac yn ei lwy, oedd â llaeth yn dal arni, a'i phlannu i mewn i'r pentwr siwgr. O fewn eiliad neu ddwy roedd wedi llwyddo i stwffio tair llwyaid fawr o siwgr i

mewn i'w geg. Mae Mam yn dweud bod gormod
o siwgr yn rhoi llyngyr i chi. Os felly, bydd Jac yn
gallu agor ei ffatri llyngyr ei hun yn fuan iawn . . .

'Dwyt ti ddim yn teimlo'n dwym, chwaith,'
meddai Lisa gan roi ei llaw ar dalcen Alys. 'Oes
gen ti boen yn rhywle?' gofynnodd.

'Oes, fan hyn,' atebodd Alys mewn llais gwan
gan riddfan eto a rhoi ei llaw ar ei hochr chwith.
Dyw hi byth yn cofio p'un yw p'un. Diolch byth,
trodd Lisa i ffwrdd am ychydig eiliadau – digon
o amser i mi ysgwyd fy mhen ar Alys a phwyntio
at ei hochr dde.

'Falle dy fod ti'n rhwym,' awgrymodd Lisa.
'Pryd fuest ti yn y tŷ bach ddiwetha?'

Ych a fi! Doedd gen i ddim awydd bod yn
rhan o'r sgwrs yma!

'Na, na, Mam, nid dyna yw e,' atebodd Alys,
braidd yn rhy gyflym yn fy marn i. 'Mae'r boen
yn *ofnaaaadwy*!' Ac wrth siarad, pwysodd ymlaen
a rhoi argraff eitha da o rywun sydd ar fin marw.

Trodd Lisa ati a dweud, 'Pam nad ei di i
orwedd lawr am sbel? Falle byddi di'n teimlo'n
well wedyn.'

Nodiodd Alys yn wan a cherdded yn araf o'r
gegin, gan gipio garlleg o'r rac llysiau wrth basio
heibio.

'Pam wnest ti hynna?' sibrydais.

'Dwyt ti ddim yn cofio, Meg? Roedd y llyfr yn dweud bod anadl ddrewllyd yn un o symptomau 'pendics. A beth well na garlleg i wneud yn siŵr 'mod i'n drewi pan ddaw Mam yn agos ata i?'

Wnes i ddim dadlau. Ro'n i'n rhy flinedig.

Eisteddodd Alys ar y gwely a defnyddio'i hewinedd i grafu'r croen oddi ar ddau ddarn mawr o arlleg. Yna stwffiodd nhw i mewn i'w cheg, a chnoi gan dynnu wyneb wrth wneud. Llyncodd yn galed cyn troi ata i ac anadlu drosof. 'Ydy e'n ddigon gwael?' holodd.

Roedd yr olwg ar fy wyneb yn ddigon. Wnaeth hi ddim gofyn eto.

Stwffiodd Alys blisgyn y garlleg o'r golwg dan y gwely, cyn neidio i mewn o dan y dillad ac ymarfer edrych yn wan a gwael. Eisteddais innau ar y bag ffa, ac aros. Ac aros . . . Roedd sŵn gweiddi a llefain yn dod o'r gegin wrth i Lisa geisio tawelu Jac. Clywsom rywbeth yn torri'n deilchion ar deils y llawr – y bowlen siwgr, mae'n debyg.

Ymhen hir a hwyr, daeth Lisa i mewn i'r stafell aton ni. Erbyn hynny roedd ei gwallt yn daclus, a cholur ar ei hwyneb. 'Sut wyt ti'n teimlo erbyn hyn, bach?' holodd.

'Gwaeth, Mam, lot gwaeth,' cwynodd Alys gan gydio yn ei bola.

Eisteddodd Lisa ar y gwely a chrychu'i thrwyn yn sydyn wrth bwyso dros Alys. 'Ych a fi! Beth yw'r drewdod ofnadwy 'na ar dy anadl di? Mae e'n erchyll!'

Trodd i ffwrdd am eiliad, gan roi cyfle i Alys godi'i bawd arna i. Fentrais i ddim gwneud yr un peth yn ôl.

'Rwyt ti'n drewi o arlleg,' meddai Lisa, 'ond sut hynny? Dy'n ni ddim wedi cael garlleg drwy'r wythnos.'

'Sai'n gwybod, Mam,' atebodd Alys. 'Falle'i fod e'n un o symptomau'r salwch sy gen i. Pa salwch sy'n gwneud i anadl rywun ddrewi, tybed?'

'Sut gwn i?' holodd Lisa. 'Dwi ddim yn feddyg. Ta beth, cariad, rhaid i mi fynd mas yn fuan. Mae gen i bethau pwysig i'w gwneud. Fe fyddi di'n iawn yma gyda Megan, 'yn byddi di?'

'Na, Mam, paid â 'ngadael i!' llefodd Alys. 'Mae'r boen yn *annioddefol*. Paid â mynd, Mam, *plis*!' Gafaelodd yn llaw ei mam a'i gwasgu'n galed.

'Dwi ddim yn deall y peth,' meddai Lisa gan grychu'i thalcen. 'Roeddet ti'n iawn neithiwr . . .

mae e wedi dod 'mlaen yn sydyn iawn.'

Pesychodd Alys yn boenus a dweud, 'Ydy, dwi'n gwybod, ond . . .' Tawelodd yn sydyn a gafael yn ei bola eto. Er 'mod i'n gwybod taw dim ond esgus oedd hi, dechreuais fecso amdani. Ond wedyn, roedd Alys wastad wedi bod yn actores dda.

'Reit, 'te,' meddai Lisa gan godi oddi ar y gwely. 'Fe a' i â Jac i'r Feithrinfa. Fydda i ddim mas yn hir.'

Roedd Alys a fi wedi disgwyl hyn. Tasai Lisa'n mynd â Jac i'r Feithrinfa, byddai'n ddigon hawdd iddi dreulio ychydig funudau dirgel gyda Caradog cyn dod yn ôl i'r fflat. Os oedd y cynllun yn mynd i weithio, roedd yn rhaid i ni gadw'r ddau ar wahân. Roedd yn bwysig fod Caradog yn cael yr argraff bod plant Lisa'n fwrn arni, a'i bod yn methu dianc oddi wrthyn nhw hyd yn oed am ychydig funudau.

Erbyn hyn, roedd Alys yn ei dyblau yn y gwely, yn griddfan yn uchel. Dechreuais feddwl tybed pa mor denau oedd y waliau, a becso y byddai'r cymdogion yn ei chlywed.

Yn sydyn, cododd ei phen oddi ar y gobennydd. Roedd ei gwallt dros ei hwyneb i gyd, a siaradodd mewn llais main, cwynfanllyd.

'Plis, plis, paid â mynd, Mam. Dwi'n erfyn arnat ti! Paid â 'ngadael i. Plis arhosa yma. Plis, Mam. Dwi dy angen di!'

Erbyn hyn, byddai fy mam i wedi drysu'n llwyr yn ei phanig. Byddai wedi galw'r doctor, a'r ambiwlans, a'r frigâd dân – a hyd yn oed y gweinidog, jest rhag ofn. Ond, yn ffodus, roedd Lisa'n gymeriad llawer cryfach. Edrychodd ar ei watsh a dweud, 'Iawn, bach, a' i ddim i unman. Gaiff Jac ddiwrnod bant hefyd. Gawn ni i gyd ddiwrnod bach tawel yn y fflat. Rhaid i mi jest ffonio . . . ym . . . bydda i'n ôl mewn chwinciad . . .'

Edrychodd Alys a fi ar ein gilydd. Roedden ni'n gwybod yn iawn pwy roedd Lisa'n mynd i'w ffonio, ond doedd hi ddim yn sylweddoli hynny wrth gwrs. 'Ie, dyna ni,' ychwanegodd Lisa ar frys, 'rhaid i mi ffonio'r Feithrinfa i ddweud na fydd Jac yno heddiw.'

Brysiodd allan o'r stafell wely, gan dynnu'i ffôn symudol o'i phoced wrth fynd. Aeth i mewn i'w stafell wely a chau'r drws ar ei hôl. Daeth allan ymhen ychydig funudau, gan ddweud, 'Reit. Dwi wedi canslo pob apwyntiad oedd gen i heddiw. Fe fydda i yma gyda chi drwy'r dydd.'

Roedd golwg braidd yn siomedig arni, ac am funud teimlais drueni drosti. Falle nad ei bai hi oedd bod Gwyn a hithau wedi gwahanu. Falle ei bod wedi syrthio dros ei phen a'i chlustiau mewn cariad gyda Caradog. Falle eu bod nhw'n haeddu cael bod yn hapus gyda'i gilydd. Falle 'mod i'n helpu i ddifetha'r berthynas fwya rhamantus fu erioed yn holl hanes y byd . . .

Ond yna edrychais ar Alys druan, wedi cyrlio'n belen yn ei gwely ac yn dal i riddfan yn dawel. A chlywais Jac yn gweiddi'n gas yn y gegin, ac yn cau drysau'n glep. Edrychais ar y llun o dad Alys mewn ffrâm wrth ochr ei gwely. Ac fe benderfynais . . .

Wel, a bod yn onest, dwi ddim yn siŵr beth benderfynais i – roedd y cyfan yn llawer rhy gymhleth i mi. Ond fe ges i ddiwrnod anodd iawn, yn gaeth yn y fflat cyfyng gydag Alys – oedd yn gorfod esgus ei bod yn wirioneddol dost – a Jac, oedd yn ymddwyn yn waeth nag erioed, a Lisa oedd yn amlwg yn teimlo'n ddiflas iawn.

Hwn oedd diwrnod gwaethaf fy mywyd.

Hyd yn hyn, ta beth.

# Pennod 11

Y bore wedyn, gorfododd Alys fi i godi hyd yn oed yn gynt nag arfer. Do'n i ddim yn hapus o gwbl. Gwyliau oedd hwn i fod, ac ro'n i wedi edrych 'mlaen at gael cysgu'n hwyr. Ond doedd dim modd newid meddwl Alys.

'Dere, Meg,' mynnodd. 'Mae hi wedi troi wyth o'r gloch. Mae hanner y diwrnod wedi mynd yn barod.' Roedd hi'n swnio'n union fel Mam – ond feiddiais i ddim dweud hynny wrthi.

Ro'n i wedi molchi a gwisgo cyn gofyn y cwestiwn hollbwysig: 'Pam ry'n ni'n gorfod codi mor gynnar? Beth yn union wyt ti'n ei gynllunio?'

'Ddweda i wrthot ti'n nes 'mlaen. Ond gynta rhaid i ni fynd i'r siop . . .'

'Pam?'

'I brynu rhywbeth, siŵr iawn.'

'Prynu beth?'

'Gei di weld. Nawr dere – rwyt ti'n gwastraffu amser.'

Ac i ffwrdd â ni, a minnau'n trotian yn ufudd y tu ôl i Alys at siop y gornel. Cyn gynted ag y cerddon ni i mewn, dechreuodd Alys archwilio'r labeli ar bob pecyn o losin – yr union math o beth y byddai Mam yn ei wneud.

Gwyliais wrth i Alys archwilio dwsinau o bacedi. Fedrwn i ddim aros yn dawel am eiliad yn rhagor. 'Beth yn y byd wyt ti'n ei wneud – chwilio am e-rifau yn y cynhwysion?' gofynnais. Jôc oedd hynny i fod – feddyliais i ddim am eiliad 'mod i wedi taro'r hoelen ar ei phen.

'Ie, dyna ti,' oedd ei hateb annisgwyl.

Fedrwn i ddim credu'r peth – roedd y byd wedi troi ben i waered! Plethais fy mreichiau a dweud yn gadarn, 'Reit. Digon o'r dwli 'ma. Dweda'n union beth sy'n mynd 'mlaen yn dy feddwl di.'

'Iawn, os taw dyna wyt ti'n moyn.'

Ro'n i wedi fy synnu. Dyw Alys ddim fel arfer yn ildio mor rhwydd. Tynnodd fi i gornel a dechrau sibrwd yn fy nghlust. Roedd hynny'n beth braidd yn ddramatig i'w wneud gan nad oedd neb yn y siop heblaw'r hen fenyw wrth y til, ond ddywedais i 'run gair.

'Wyddost ti pa mor wael mae Jac yn ymddwyn y dyddie hyn?'

Nodiais. *Os rhywbeth, mae e allan o reolaeth yn llwyr*, meddyliais.

'Wel, ddylet ti ei weld e ar ôl iddo fwyta rhai o'r losin 'ma . . . maen nhw'n cael effaith ryfedd iawn arno fe.'

Ro'n i'n dechrau gweld i ble roedd y sgwrs yma'n mynd. 'Felly rwyt ti'n bwriadu rhoi llwythi o losin iddo fe er mwyn iddo fynd yn honco bost?'

'Ydw,' atebodd Alys. 'A'r peth gwych yw eu bod nhw'n gweithio'n gyflym iawn. Os awn ni adre nawr, a'u rhoi iddo fe ar unwaith, bydd e'n hanner call a dwl cyn deg o'r gloch.'

'Ond bydd dy fam yn dal i fynd ag e i'r Feithrinfa, a gadael i'r staff yn y fan honno ddelio ag e. Sut bydd hynny'n helpu dy gynllun di?'

Ysgydwodd Alys ei phen. 'Na, wnaiff hi ddim. Wnaiff Mam ddim meiddio mynd ag e i'r Feithrinfa rhag i'r staff weld bai. Felly bydd raid iddi ganslo'i dêt gyda Caradog am yr ail ddiwrnod yn olynol. Fydd e ddim yn hapus o gwbl!'

Y funud honno, sylweddolais fod raid i mi berswadio Alys bod hyn yn beth creulon iawn i'w wneud. Do'n i prin yn gallu credu'r peth. Ar hyd fy mywyd, ro'n i wedi bod yn gwrando ar Mam yn pregethu am e-rifau mewn bwyd a losin, a pha mor beryglus oedden nhw. Sut gallai Alys hyd yn oed ystyried gwneud y fath beth i'w brawd bach?

Daliodd Alys ddau baced o losin o flaen fy llygaid. 'P'un o'r rhain fyddai orau, wyt ti'n meddwl – coch neu oren?'

Yn sydyn, ro'n i'n teimlo'n grac iawn. Roedd hyn yn warthus. Roedd e'n greulon. Roedd yn annheg ar Jac – ac arna innau. Tasai Mam a Dad yn clywed 'mod i'n rhan o gynllun fel hwn, fyddai fy mywyd ddim yn werth ei fyw. I Mam, roedd rhoi losin i Jac bron cyn waethed â bwydo gwenwyn iddo fe. Roedd yn *rhaid* i mi roi stop ar yr holl beth.

'Dere, Meg – dewisa p'un o'r ddau liw ddylwn i brynu.'

Y funud honno, collais fy limpin yn llwyr. '*Na*, Alys,' dywedais yn bendant. 'Dwi ddim yn bwriadu dewis. Fedri di *ddim* gwneud hyn i Jac druan. Beth bynnag mae e wedi'i wneud, dyw e ddim yn haeddu hyn.'

Camodd Alys yn ôl mewn braw. Doedd hi ddim wedi arfer fy ngweld i'n anghytuno mor bendant â hi. Es yn fy mlaen, 'Mae hwn yn gynllun cwbl wallgo – hyd yn oed yn fwy gwallgo na'r hyn wnaethon ni yn Aber fisoedd yn ôl. Fe fydd y ddwy ohonon ni mewn trwbwl MAWR. Does 'na ddim gobaith y bydd y cynllun yn gweithio. Pam na wnei di adael i bethau fod, ac anghofio am Caradog? Falle na wnaiff y berthynas bara, ta beth. Does dim angen i ti fusnesa. Weithie mae'n well jest sefyll yn ôl am sbel a gweld sut mae pethe'n datblygu.'

Er bod Alys yn syllu'n syn arna i, wnes i ddim tewi. Hon oedd araith hiraf fy mywyd, ac roedd y geiriau'n llifo allan o 'ngheg. 'Dere nawr, Al, rho'r losin yn ôl. Gad i ni fynd i'r fflat a chael brecwast gyda'n gilydd. Wedyn gallwn ni gael diwrnod da, yn gwneud rhai o'r pethau grêt soniaist ti amdanyn nhw yn dy e-bost.'

'Megan . . .'

Er 'mod i'n falch ei bod yn dweud rhywbeth o'r diwedd, roedd ei llais yn dawel ac yn ddieithr. Ro'n i wedi disgwyl iddi fod yn grac, ond sylweddolais yn sydyn ei bod yn llefain. Ac nid rhyw lefain tawel oedd hwn, ond beichio crio a'r dagrau'n powlio i lawr ei hwyneb. Cododd y fenyw wrth wrth y til ei phen i edrych arnon ni am eiliad neu ddwy cyn mynd yn ôl at ei phapur newydd.

'Helpa fi, Meg, plis,' erfyniodd Alys gan afael yn dynn yn fy mraich. 'Dwi ddim yn dwp. Dwi'n gwybod ei fod e'n hen dric gwael, ond rhaid i mi'i wneud e. *Rhaid i mi.* Nid er fy mwyn i'n unig, ond er mwyn Jac hefyd. A Mam. A Dad. Bydd pawb yn hapusach os galla i gael gwared o Caradog. Dwi'n gwneud hyn i achub fy nheulu. Rhaid i ti fy helpu i. Plis, Meg, *plis.*'

Er 'mod i wedi 'nabod Alys ar hyd fy oes, do'n i erioed wedi ei gweld hi fel hyn o'r blaen. Doedd dim golwg o'i dewrder a'i hagwedd ffwrdd-â-hi arferol. Merch drist a digalon iawn oedd hon, a doedd gen i mo'r galon i'w hanwybyddu hi. *Os gerdda i i ffwrdd nawr, a'i gadael hi, fe fydda i'n colli fy ffrind gorau yn y byd i gyd*, meddyliais.

Doedd gen i ddim dewis. 'Iawn,' dywedais yn gadarn. 'Fe wna i dy helpu di.'

Yn y diwedd, penderfynodd Alys brynu'r ddau becyn o losin, ac aethon ni â nhw at y til. 'Paid â bwyta'r cyfan gyda'i gilydd,' meddai'r hen fenyw dan chwerthin, 'neu fe fyddi di'n neidio o gwmpas yr ardd fel peth gwyllt!'

Gwenodd Alys yn gwrtais, ac i ffwrdd â ni am y fflat.

Erbyn i ni gyrraedd, roedd Lisa wedi codi. 'Dwi'n falch o weld dy fod ti'n teimlo'n well heddiw,' meddai wrth Alys. 'Ble fuoch chi mor gynnar?'

'Dwi'n llawer gwell heddiw, diolch,' atebodd Alys. 'Ro'n i'n awyddus i gael tipyn o ymarfer corff ar ôl treulio ddoe yn y gwely, felly aeth Megan a fi am dro bach.'

'Wel wir, pwy fasai'n credu'r fath beth?' meddai Lisa'n syn. 'Nawr 'te, wnewch chi plis fynd i ddeffro Jac a dweud wrtho fe bod brecwast yn barod?'

'Â phleser, Mam,' atebodd Alys yn wên o glust i glust.

Dilynais hi'n anfodlon i stafell wely Jac. Caeodd Alys y drws ar ein holau a mynd draw at y gwely i ddeffro'i brawd bach. Cododd ar ei eistedd a rhwbio'i lygaid. 'Dos o'ma, y dwpsen dwp,' meddai'n grac gan estyn ei fraich i daro Alys. Ond roedd Alys wedi hen arfer â'i driciau, a llwyddodd i'w osgoi. 'Dwi wedi cael blynyddoedd o ymarfer, cofia,' meddai wrtha i.

Wnes i ddim gwenu. Er bod Jac yn ymddwyn

yr un mor erchyll ag arfer, doedd e ddim yn
haeddu'r hyn oedd ar fin digwydd iddo. Ar y llaw
arall, do'n i ddim eisiau brifo Alys chwaith, felly
eisteddais yn dawel ar waelod y gwely a gwylio'r
ddau.

Estynnodd Alys y losin o'i phoced, a
goleuodd llygaid Jac. 'Ga i gael un?' gofynnodd
yn eiddgar.

'Cei wrth gwrs, bach,' atebodd Alys gan
wenu'n glên, 'gei di lwythi ohonyn nhw. Ond
rhaid i ti addo i mi na wnei di sôn gair am y peth
wrth Mam. Cytuno?'

Byddai Jac wedi cytuno i unrhyw beth dan
haul i gael ei ddwylo ar y losin. Gafaelodd Alys
yn ei law a dweud yn ddifrifol, 'Cofia di – un gair
wrth Mam, a bydda i'n taflu bob bwni bach sy
gen ti i mewn i'r afon. Deall?'

'Deall. Ddweda i 'run gair wrth Mam.'

'Byth?'

'Byth bythoedd.'

'Ti yw'r brawd bach gorau yn y byd i gyd,'
meddai Alys. 'Nawr 'te, pa losin gymeri di gyntaf
– y rhai coch neu'r rhai oren?'

Deng munud yn ddiweddarach, roedd y ddau
baced yn wag. Yr unig beth ar ôl oedd y nentydd
oren a choch yn diferu'n sticlyd i lawr gên Jac.

Poerodd Alys ar facyn (ych!) a sychu'r llanast siwgwrllyd oddi ar ei wyneb a'i ddwylo. Yna rhoddodd help iddo wisgo.

Gwyliodd y ddwy ohonom wrth iddo gerdded i'r gegin at ei fam. Chwarddodd Alys wrth edrych ar ei watsh. 'Yr unig beth sy raid i ni ei wneud nawr yw aros,' meddai.

'Pa mor hir?' holais.

'Ddim yn hir iawn,' gwenodd.

# Pennod 12

Bwytodd Alys a fi ein brecwast ar hast. Roedd hi am i ni aros yn y gegin, ond doedd gen i ddim awydd bod yno pan gâi Jac ei bwl o wylltineb.

'Beth am i ni fynd i'r stafell wely am sbel?' awgrymais.

Buon ni'n chwarae gêm fwrdd am ychydig, gan adael y drws ar agor er mwyn clywed beth oedd yn digwydd yn y gegin. Roedd Jac yn fachgen drwg, ond ddim gwaeth nag arfer. *Falle nad yw cynllun Alys yn gweithio*, meddyliais yn obeithiol. *Falle nad yw hi wedi dewis y losin iawn – falle taw'r rhai gwyrdd neu borffor yw'r gwaetha. Falle gawn ni ddiwrnod da wedi'r cwbl!*

Dechreuais ymlacio tipyn, a mwynhau'r gêm – yn enwedig gan taw fi oedd yn ennill. Mae Alys yn dda fel yna – dyw hi byth yn grac pan dwi'n chwarae'n well na hi. Yn sydyn, sylwais fod pethau'n gwaethygu yn y gegin – roedd llais Jac yn codi'n uwch ac yn uwch, ei sgrechian i'w glywed yn amlach, a'i fam yn colli'i limpin.

Erbyn deg o'r gloch roedd Jac yn rhuthro fel anifail gwyllt o gwmpas y fflat, gan wneud digon o sŵn i godi ofn ar unrhyw un. Rhoddodd Alys a fi'r gorau i chwarae'r gêm – doedd dim modd canolbwyntio. Wrth weld adlewyrchiad o'r ddwy ohonon ni yn y drych, ro'n i'n edrych fel taswn i wedi gweld ysbryd, ac Alys fel tasai hi newydd ennill y loteri.

Daeth Lisa i mewn i'r stafell – edrychai'n flinedig, fel petai pwysau'r byd ar ei sgwyddau. 'Dwi ar ben fy nhennyn,' llefodd. 'Beth yn y byd sy'n bod ar Jac heddiw? Dwi erioed wedi'i weld e'n ymddwyn cyn waethed â hyn. Oes gen ti ryw syniad beth sy'n bod arno fe, Alys?'

'Oedd 'na leuad lawn neithiwr?' holodd Alys yn ddi-daro.

'Ha ha,' meddai Lisa'n sychlyd. 'Dyw e ddim yn ddoniol, Alys. Beth yn y byd wna i gydag e? Dwi wedi trefnu i fynd mas yn fuan.'

Ar y gair, carlamodd Jac i mewn i'r stafell, gan sgrechian a chwifio'i freichiau. 'Whiiiii!' gwaeddodd. ''Drychwch arna i – fi yw'r awyren fwya swnllyd yn y byd i gyd!' A sgrechiodd mor uchel nes bod y tair ohonon ni'n clapio'n dwylo dros ein clustiau mewn poen.

Gafaelodd Lisa yn ei fraich a'i dal yn dynn. Ond wnaeth hynny ddim rhwystro Jac rhag gwingo o'i gafael a chwifio'i law yn wyllt – gan osgoi taro wyneb ei fam o ychydig gentimetrau. Roedd hi'n gandryll, ond yn ddewr iawn aeth ar ei chwrcwd o'i flaen a dweud yn gadarn, 'Na, Jac, dwyt ti *ddim* yn awyren. Bachgen bach wyt ti – ac un drwg iawn hefyd. A dweud y gwir, rwyt ti'n ymddwyn fel babi.'

Ar hyn, tynnodd Jac yn rhydd o'i gafael a thaflu'i hun ar ei liniau ar lawr, gan esgus cropian. 'Babi bach – fi'n fabi bach! Fi wedi neud pw yn cewyn fi! Waaa! Waaa!' Ac i ffwrdd ag e dan gropian ar draws y cyntedd ac i'r gegin, gan sgrechian yr holl ffordd. Toc, daeth sŵn annaearol wrth iddo dynnu'r sosbenni allan o'r cwpwrdd a'u taro yn erbyn ei gilydd.

Ro'n i'n teimlo *mor* euog. Er taw syniad Alys oedd y cwbl, a hi oedd wedi rhoi'r losin i Jac, dylwn fod wedi ei rhwystro a dweud wrth Lisa beth oedd yn digwydd. Mae'n debyg na fasai Alys wedi siarad gyda fi eto, ond dyna fyddai'r peth iawn i'w wneud. Doedd dim pwynt cyfadde nawr – roedd yn rhy hwyr. Doedd gen i ddim dewis ond aros nes byddai Jac wedi dod ato'i hun, pryd bynnag fyddai hynny.

Eisteddodd Lisa ar wely Alys a rhoi'i phen yn ei dwylo. 'Beth yn y byd wna i 'da'r bachgen 'na?' llefodd.

'Mynd ag e i'r Feithrinfa?' awgrymodd Alys, gan wenu'n slei.

Roedd hi'n mentro wrth ddweud hynna. Gallai unrhyw un weld nad oedd Jac mewn unrhyw stad i fynd i'r Feithrinfa y bore hwnnw.

'Sut galla i?' atebodd Lisa. 'Mae e eisoes wedi cael un rhybudd ar ôl cnoi'r bachgen bach 'na y dydd o'r blaen. A dy'n nhw byth wedi maddau iddo fe am ladd Sali Mali . . .'

Syllais mewn dychryn ar y ddwy. Roedd Jac yn ymddwyn yn erchyll, oedd, ond ddim cyn waethed â hynny, siawns?

Ond gwenodd Alys arna i a sibrwd, 'Paid â becso. Sali Mali oedd enw'r pysgodyn aur. Taflodd Jac e i lawr y tŷ bach y dydd o'r blaen.'

'Damwain oedd hi,' protestiodd Lisa. 'Staff y Feithrinfa oedd yn gwneud môr a mynydd o ddim byd. Ond os a' i â Jac yno yn y cyflwr yma, fe fydd e'n siŵr o gael ei ddiarddel. Wnaiff 'run feithrinfa arall ei gymryd, ac fe fydd hi'n amhosib i mi gael lle iddo mewn ysgol dda ym mis Medi.'

'Does gen ti ddim dewis, felly, ond ei gadw gartre heddiw,' meddai Alys, yn fêl i gyd.

Edrychai Lisa fel tasai hi ar fin llefain. 'Dwi'n gwybod, ond rhaid i mi fynd mas am ychydig. *Rhaid* i mi. O, Alys, beth wna i?'

Unwaith eto, ro'n i'n teimlo trueni dros Lisa, ond doedd Alys yn becso dim. 'Sut gwn i?' gofynnodd yn bowld. 'Beth am Dad? O, na, allith e ddim – dyw e ddim yn byw gyda ni nawr, ydy e? Sorri, bron i mi anghofio!'

Fedrwn i ddim credu bod Alys yn ymddwyn mor ddigywilydd – ond doedd Lisa ddim fel tasai hi wedi sylwi. Yn sydyn cododd ei phen a dweud, 'Alys, fyddet ti'n fodlon bod yn gariad bach a charco Jac i mi? Jest am awr?'

'Dim gobaith, Mam,' oedd ei hateb pendant. 'Os nad yw'r Feithrinfa'n gallu ymdopi ag e, sut wyt ti'n disgwyl i mi wneud?'

Bu raid i mi frathu 'nhafod rhag cynnig carco Jac fy hun. Ond byddai cwympo mas gydag Alys yn bris rhy uchel i'w dalu, felly cadwais fy ngheg ar gau.

'Beth os . . .' dechreuodd Lisa, cyn tawelu'n sydyn. Ro'n i'n falch o hynny – beth bynnag fyddai Lisa'n ei awgrymu, 'na' fyddai ateb Alys. 'O wel, 'na ni 'te,' ochneidiodd Lisa'n siomedig. 'Allech chi'ch dwy plis gadw llygad arno fe am bum munud tra dwi'n gwneud galwad ffôn?'

Ddywedodd Alys 'run gair. Gwelodd Lisa'i chyfle a dianc i'w stafell wely.

A dyna lle ro'n i – yn gaeth mewn fflat bychan a hithau'n wyliau ysgol; y fam yn sibrwd i mewn i'w ffôn, y mab yn ymddwyn fel rhywun hanner call a dwl, a'r ferch yn stwffio rhagor o'r losin llawn e-rifau i mewn i geg ei brawd bach rhag ofn i'w heffeithiau bylu'n rhy fuan.

Bu'n bwrw glaw am weddill y diwrnod – glaw trwm oedd yn hyrddio yn erbyn y ffenestri ac yn bownsio yn y pyllau ar y maes parcio oddi tanom. Roedden ni i gyd yn teimlo'n ddiflas ac yn mynd ar nerfau'n gilydd. Er y baswn i wedi bod yn fodlon wynebu'r glaw a mynd mas am dro, wnâi Alys ddim symud cam o'r fflat. Buon ni'n chwarae gêm neu ddwy, ond doedd dim byd yn tycio a rhoeson ni'r gorau iddi. Roedd Alys yn ddistaw iawn – dwi'n credu ei bod hi, hyd yn oed, wedi cael sioc o weld effaith y losin coch ac oren ar Jac. Ond dim digon o sioc i roi stop ar y peth, chwaith . . .

Uchafbwynt y diwrnod oedd cael pizza a sglodion i de (eto fyth), er 'mod i'n rhy flinedig erbyn hynny i allu eu mwynhau. Ro'n i'n dyheu am amser gwely i gael claddu fy hun dan y dwfe a chau'r byd allan.

Alys oedd fy ffrind gorau – fyddai dim byd yn newid hynny. Ond ro'n i'n dechrau meddwl y byddai hi, wrth ddychryn Caradog i ffwrdd, yn gwneud ffafr fawr iawn ag e.

# Pennod 13

Pan agorais fy llygaid y bore wedyn, roedd Alys eisoes yn effro ac yn fy ngwylio i. 'Haia, Meg,' meddai.

'Haia, Al.' Fentrais i ddim dweud rhagor. Doedd gen i ddim awydd sôn am Jac na Lisa na'r losin na Caradog – na dim byd arall yn gysylltiedig â ddoe.

Ymhen hir a hwyr, dywedodd Alys, 'W'st ti beth, Meg? Dwi'n credu'n bod ni'n haeddu diwrnod bant heddiw.'

Ro'n i'n methu credu'r peth. 'Diwrnod heb unrhyw gynlluniau cyfrinachol? Wir?' Yn sydyn, do'n i ddim yn teimlo'n flinedig.

'Ie,' chwarddodd Alys. 'Pam lai? Rwyt ti wedi

cael amser diflas yma hyd yn hyn, a 'mai i yw'r cyfan.'

'Ond beth am . . ?' dechreuais.

'Galla i boeni am Mam a Caradog eto fory. Ond, am heddiw, ry'n ni'n mynd i gael hwyl.'

Lledodd gwên fawr ar draws fy wyneb. Grêt! Diwrnod o fwynhau!

'Beth wnawn ni, 'te? Gei di benderfynu.'

Ac mewn ychydig funudau roedden ni wedi cytuno ar gynllun y dydd. Trip i'r sinema i ddechrau, lle roedd 'na ffilm ro'n i'n ysu am ei gweld. Ac oddi yno i'r ganolfan siopa i gael y siocled poeth arbennig ro'n i wedi bod yn breuddwydio amdano ers dyddiau.

Neidiais mas o'r gwely a gwisgo'r dillad gorau oedd gen i. Ro'n i'n benderfynol o gael y diwrnod gorau *erioed*.

Tua hanner awr wedi deg, roedd Lisa wedi cael Jac yn barod i fynd i'r Feithrinfa. Druan bach, edrychai'n welw ac yn flinedig. Doedd e ddim wedi dod ato'i hun yn iawn ers ddoe, mewn gwirionedd. Gallwn ei glywed yn hwyr y nos, yn dal i neidio lan a lawr ar ei wely'n gwneud synau trên. Roedd ei groen bron yn las, a chysgodion mawr tywyll o dan ei lygaid – edrychai'n debyg i banda bach. Roedd e'n annaturiol o dawel, ac er 'mod i'n ddigon balch o hynny ro'n i'n teimlo'n euog hefyd. Teimlwn fel tasai Alys wedi gwenwyno'i brawd bach – a 'mod i wedi ei helpu.

Doedd dim hwyl ar Lisa chwaith, ac ro'n i'n teimlo trueni drosti. Roedd ei theulu'n llanast llwyr, ac er taw arni hi'i hun roedd y bai, roedd pethau wedi mynd yn rhy bell. Ofynnodd hi ddim beth oedd ein cynlluniau am y dydd, dim ond dweud wrthon ni am fihafio (doedd fawr o siawns o hynny yng nghwmni Alys!). Ychydig funudau wedyn, roedd hi a Jac ar eu ffordd i'r Feithrinfa.

Aeth Alys a fi'n ôl i'w stafell wely i wrando ar gerddoriaeth am sbel. Yng nghefn ein meddyliau, roedd y ddwy ohonon ni'n gwybod bod Lisa'n mynd i gwrdd â Caradog. Ro'n i'n siarad fel pwll y môr, i osgoi meddwl am y peth. Chwarae teg i Alys, soniodd hi ddim am Caradog unwaith – dim ond am y pnawn ffantastig roedden ni'n mynd i'w gael.

O'r diwedd roedd hi'n hanner dydd ac yn amser i ni fynd. Ro'n i'n gyffrous iawn, ac yn chwerthin fel ffŵl ar ben popeth. Roedd Alys yn gyffrous hefyd, ac yn adrodd straeon doniol am bethau oedd wedi digwydd yn yr ysgol, ac am ei hathrawon.

Doedd y sinema ddim yn bell, a buan iawn roedden ni'n cerdded i mewn drwy'r drysau mawr. Sefais yn stond ac ochneidio'n hapus. Roedd fy ngwyliau go iawn ar fin cychwyn – o'r diwedd!

# Pennod 14

Ym mhen pellaf y cyntedd eang, roedd stondin yn gwerthu popcorn. Prynodd Alys glamp o dwbyn mawr i mi – mae hi wastad yn hael iawn, chwarae teg. Wrth i ni aros yn y ciw i brynu tocynnau, ro'n i eisoes wedi bwyta hanner y popcorn. Chwarddodd Alys, a dynwared llais Mam, 'Megan Huws – oes gen ti unrhyw *syniad* faint o halen sy yn y stwff 'na?'

'Ha ha, da iawn!' chwarddais. Taswn i wedi

cau fy llygaid, byddai'n hawdd iawn credu bod Mam yn sefyll wrth f'ymyl.

Mae Alys wrth ei bodd yn cael cynulleidfa. 'A beth am y twbyn 'na?' holodd wedyn. 'Oes gen ti unrhyw *syniad* faint o goed sy'n cael eu torri i lawr bob blwyddyn i'w gwneud nhw? Mae'r holl beth yn *warthus!*'

Roedd Alys yn mynd i hwyl, a minnau'n mwynhau mas draw. Ond, yn sydyn, stopiais yn stond wrth weld, dros f'ysgwydd, rywbeth wnaeth i mi dagu'n swnllyd ar y popcorn.

Allwn i ddim dychmygu unrhyw beth gwaeth. Caeais fy llygaid, gan obeithio y byddai'r olygfa erchyll yn diflannu. Ond na, pan agorais nhw eto, roedd yn dal yno . . . Ychydig fetrau o 'mlaen i yn y ciw, roedd dau berson cyfarwydd yn sefyll – Lisa a Caradog!

Doedd Alys ddim wedi'u gweld nhw, ac roedd hi'n dal i glebran yn uchel gan chwifio'i breichiau yn yr awyr wrth ddynwared Mam yn dweud y drefn am y sothach roedden nhw'n ei werthu yn y sinema. Gorfodais fy hun i wenu ac esgus bod dim byd o'i le – jobyn anodd iawn pan oedd fy hunllef waethaf yn dod yn fyw o flaen fy llygaid.

Symudodd y ciw yn ei flaen yn ara bach.

Ymhen munud neu ddau, byddai Lisa a Caradog yn prynu'u tocynnau ac yn diflannu i dywyllwch y sinema. Taswn i ond yn gallu rhwystro Alys rhag eu gweld, byddai popeth yn iawn – doedd dim siawns eu bod nhw'n mynd i wylio'r un ffilm â ni, ta beth.

Ro'n i'n dal i wenu ar Alys ac yn dweud 'Wir?' a 'Waw!' a 'Rwyt ti mor ddoniol!' bob hyn a hyn i'w hannog i gario 'mlaen. Bu bron iawn i mi lwyddo, ond fel roedd Lisa'n camu at y ddesg docynnau, digwyddodd Alys droi rownd. Ochneidiodd mewn syndod a gafael yn dynn yn fy mraich. 'O, na!' llefodd yn uchel. 'Dwi ddim yn credu'r peth!'

Rhwbiais ei braich, a cheisio esgus bod popeth yn iawn. 'Dere, Al, rwyt ti'n grêt am ddynwared Mam. Dweda rywbeth arall – neu beth am i ti esgus bod yn Mirain Mai?'

Ond doedd Alys ddim yn gwrando. ''Drycha, Meg,' hisiodd, 'draw fanna . . .'

Roedd Lisa newydd afael yn ei thocynnau, a'r ddau ohonyn nhw'n cerdded tuag at un o'r sinemâu. Rhuthrodd Alys ar eu holau. Suddodd fy nghalon i'm sgidiau. Ro'n i wedi gweld Lisa ac Alys yn dadlau'n swnllyd gannoedd o weithiau, a doedd hi ddim yn olygfa ro'n i am ei gweld eto –

yn enwedig mewn lle mor gyhoeddus. Ond, diolch byth, aeth Alys ddim pellach na'r ddesg docynnau cyn rhuthro'n ôl ata i.

'Reit – mae'r sefyllfa wedi newid. Rhaid i ni fynd i Sgrin 6 er mwyn i mi allu cadw golwg ar Mam.'

Ro'n i *mor* siomedig. Llanwodd fy llygaid â dagrau. 'Ond beth am ein ffilm *ni*?' llefais. 'Beth am y diwrnod grêt roedden ni wedi'i gynllunio? Fe wnest ti *addo*, Al, ti'n cofio?'

Roedd Alys yn amlwg yn teimlo'n euog – ac roedd hynny'n ryw gysur i mi. 'Do, dwi'n gwybod 'mod i wedi addo, Meg, ond mae hyn yn argyfwng. Mae Mam yn mynd ar ddêt i'r sinema 'da rhyw ddyn sy ddim yn dad i mi. Alla i ddim jest gwylio ffilm ac esgus bod popeth yn iawn. *Alla i ddim.'*

Ddywedais i 'run gair. Baswn innau'n grac hefyd tasai Mam yn mynd i'r sinema gyda rhyw ddyn heblaw Dad.

O'r diwedd, cyrhaeddon ni'r ddesg docynnau. Gwenodd Alys yn llydan ar y fenyw wrth y til a dweud, 'Dau docyn i Sgrin 6, os gwelwch chi'n dda.'

Gwenodd y fenyw'n ôl arni, a gofyn, 'A beth yw eich oedran chi'ch dwy?'

*O na!* Doedden ni ddim wedi meddwl edrych i weld pa ffilm oedd yn cael ei dangos! Petai hi'n ffilm U, fyddai'r fenyw ddim hyd yn oed yn holi. Roedd Alys yn fêl i gyd wrth ddweud yn gadarn, 'Dwi'n bymtheg.'

'Sorri, bach,' meddai'r fenyw gan ysgwyd ei phen, 'ond smo i'n dy gredu di. Mae Sgrin 6 yn dangos ffilm sy'n 15. Os na alli di brofi dy oedran, alla i ddim gadael i ti fynd i mewn heb oedolyn gyda ti.' Gwenodd yn glên. 'Ydy dy fam o gwmpas? Neu dy dad?'

Ochneidiais. Sut gallai Alys druan ateb y cwestiwn hwnnw? *'Wel, mae Dad yn byw yn Aberystwyth, ac mae Mam newydd fynd i mewn i Sgrin 6 gyda'i chariad newydd. Ry'n ni'n ei dilyn hi i gadw llygad arni.'*

Pwysodd Alys tuag at y sgrin wydr oedd yn ei gwahanu hi oddi wrth y fenyw. 'Mae Mam a Dad yn y gwaith,' meddai, 'ond maen nhw'n berffaith fodlon i mi wylio'r ffilm. Dwi'n lwcus – maen nhw'n rhieni cŵl!'

'Falle wir,' atebodd y fenyw, 'ond gan nad ydyn nhw yma, alla i ddim gwerthu tocyn i ti.'

*'Pliiiis,'* ymbiliodd Alys. 'Dy'ch chi ddim yn deall – mae hyn yn argyfwng. *Rhaid* i mi weld y ffilm 'na!'

'Sorri, ond "na" yw'r ateb. Falle mewn cwpwl o flynydde, ond ddim heddi. Nawr 'te – beth am docynnau i Sgrin 4? Mae honno'n dangos ffilm lawer mwy addas.'

Ddywedodd Alys 'run gair, dim ond cerdded tuag at ddrysau Sgrin 6 ac eistedd yn drwm mewn cornel. Es i draw ati, gan wybod bod dim pwynt aros yn y ciw. Doedd dim gobaith bellach bod Alys yn bwriadu gwylio unrhyw ffilm.

'Beth nawr?' holais.

'Aros.'

'Aros am beth?'

'Sut gwn i?' atebodd yn siarp. 'Ond man a man i ni aros yma nes daw Mam mas.'

'Wyt ti'n bwriadu'i herio hi? Yma, o flaen pawb?'

Diolch byth, ysgydwodd Alys ei phen. 'Na'dw. Fyddai hynny ddim yn newid unrhyw beth. Dwi jest eisiau gweld beth wnaiff hi, dyna'r cyfan.'

Ac aros wnaethon ni. Dyw naw deg saith munud ddim yn teimlo'n hir o gwbl pan ry'ch chi'n gwylio ffilm dda – ond mae'n amser annioddefol o hir pan ry'ch chi'n eistedd yng nghornel rhyw gyntedd diflas yn gwrando ar eich ffrind gorau'n cwyno. 'Sut gallai Mam wneud hyn i ni?' a 'Dwi'n siŵr eu bod nhw'n cusanu'i gilydd yn y rhes gefn' a 'Gobeithio bydd Caradog yn cwympo'n farw o ryw salwch erchyll.' Yr un hen dôn gron, yn mynd 'mlaen a 'mlaen yn ddiddiwedd . . .

Bob hyn a hyn, roedd Alys yn codi ac yn cerdded o gwmpas y cyntedd a golwg gwirioneddol grac ar ei hwyneb. (Roedd hi'n f'atgoffa i o'r teigrod welais i yn sw Caer flynyddoedd yn ôl.) Dywedodd lawer o bethau annifyr iawn am Caradog – dwi'n siŵr nad oedd e'n eu haeddu, druan.

O'r diwedd, agorwyd drysau Sgrin 6, a chuddiodd Alys a fi y tu ôl i boster anferth yn hysbysebu ffilm *Superman*. *Pam na alla i fod fel Superman?* meddyliais. *Dim ond i fi wisgo fy nghlogyn, byddai fy holl broblemau'n diflannu! Pam bod raid i fywyd go iawn fod mor gymhleth?*

Ar y gair, ymddangosodd Lisa a Caradog, gan flincio wrth ddod mas i'r cyntedd golau o dywyllwch y sinema. Cerddodd y ddau tuag at y drws allanol, gan chwerthin a sgwrsio'n brysur. Edrychai Lisa'n gwbl wahanol i'r fenyw oeraidd ro'n i'n gyfarwydd â hi. Yma, edrychai'n ifanc ac yn hapus. Falle bod cwmni Caradog yn gwneud y byd o les iddi hi – a beth oedd o'i le ar hynny?

Meddyliais falle y dylwn i ddweud hynny

wrth Alys, a'i pherswadio i oedi am sbel i ystyried y sefyllfa. Ond roedd yr olwg ar ei hwyneb yn ddigon i 'mherswadio nad oedd hwn yn amser da i grybwyll y syniad . . .

Edrychais tuag at y drws, a'r eiliad honno pwysodd Caradog ymlaen a chusanu Lisa ar ei boch. Gwahanodd y ddau, a cherdded i gyfeiriadau gwahanol.

Ddywedodd Alys 'run gair ar y ffordd yn ôl i'r fflat.

Teimlai'r daith yn hir iawn, iawn.

* * *

Y pnawn hwnnw, doedd gan Alys ddim awydd mynd mas, felly buon ni jest yn hongian o gwmpas yn gwneud dim byd o bwys.

Roedd yn amser te cyn i Lisa gyrraedd yn ôl. Cariai ddau fag siopa ffansi mewn un llaw, a defnyddiai'r llaw arall i lusgo Jac blin yr olwg i mewn i'r fflat.

Gwenodd Alys arni, fel petai'n wirioneddol falch o'i gweld. 'Gest ti ddiwrnod da, Mam?' holodd yn llon.

Ochneidiodd Lisa'n drwm. 'Wel, roedd e'n ddiwrnod da nes i mi gasglu Jac o'r Feithrinfa,'

111

meddai, 'a chlywed pa mor ddrwg roedd e wedi bod drwy'r dydd. Roedd e wedi cnoi un plentyn, a chicio un arall. Ac mae e nawr wedi cael ei wahardd rhag mynd yn agos at Nicw Nacw.'

Wrth fy ngweld yn syllu'n ddryslyd arni, ychwanegodd, 'Fe sy wedi cymryd lle Sali Mali, y pysgodyn aur, ar ôl y ddamwain anffodus 'na gafodd Jac sbel yn ôl.'

Dechreuais chwerthin, ond tawelais yn sydyn wrth weld yr olwg grac ar wynebau'r ddwy arall.

'Mae Jac wedi cael ei gyfle olaf un yn y Feithrinfa. Mae'r rhieni eraill wedi dechrau cwyno amdano fe nawr. Un digwyddiad anffodus arall, a bydd e mas. A beth wna i wedyn? Dwi ar ben fy nhennyn, ydw wir.'

Mae'n debyg bod Jac druan yn dal i ddioddef effeithiau'r losin, ac yn cael bai ar gam. Penderfynais newid y pwnc.

'Ry'ch chi wedi bod yn siopa, dwi'n gweld, Lisa. Brynoch chi rywbeth neis?'

'Diolch i ti am ofyn, Meg,' meddai, gan edrych yn llawer hapusach. 'Fe ges i ddwy siwt newydd. Hoffet ti eu gweld nhw?'

Atebodd Alys a fi ar yr un eiliad yn union.

'Ie, plis.'

'Na, dim diolch.'

'O reit,' meddai Lisa mewn llais siomedig, a chario'r bagiau i'w stafell wely heb eu hagor.

Ar ôl iddi fynd, hisiodd Alys i mewn i 'nghlust, 'Paid â dangos diddordeb. Paid â'i hannog hi. Os yw hi'n prynu dillad newydd ffansi i fynd mas gyda Caradog, dwi jest ddim eisiau gwybod, reit?'

Ar hynny, cerddodd Lisa'n ôl i mewn aton ni. 'Heblaw am siopa, Mam, fuest ti'n gwneud unrhyw beth diddorol arall heddiw?' gofynnodd Alys mewn llais neis-neis.

Do'n i prin yn gallu anadlu. Tasai Lisa'n dweud celwydd, byddai Alys yn siŵr o ffrwydro. Ond allai hi ddim mentro dweud y gwir chwaith, yn na allai?

Oedodd Lisa am eiliad cyn dweud yn gyflym, 'Wel, es i i'r sinema hefyd.'

'Pwy oedd gyda ti?'

Oedodd Lisa'n hirach y tro hwn cyn dweud, 'Es i ar ben fy hun, fel mae'n digwydd.'

Edrychodd Alys a fi ar ein gilydd. Wrth gwrs, roedden ni'n dwy yn gwybod bod Lisa'n dweud clamp o gelwydd.

'Mae mynd i'r sinema ar ben dy hun braidd yn od, on'd yw e?' gofynnodd Alys mewn llais peryglus o dawel. 'Trist, mewn gwirionedd . . .'

Roedd hi'n gwawdio'i mam, gan geisio'i gorfodi i gyfadde'r gwir. Ro'n i'n ar fin llewygu.

'Ro'n i wedi bod yn awyddus i weld y ffilm ers oesoedd,' meddai Lisa. 'Stori ysbrydoledig, am fenyw oedd wedi wynebu trasiedi ofnadwy yn ei bywyd, a llwyddo i'w goresgyn.'

'Beth wnaeth hi, felly?' holodd Alys yn oeraidd. 'Gadael ei gŵr? Chwalu'i theulu?'

'Paid â siarad am bethau dwyt ti ddim yn eu deall, Alys,' meddai Lisa mewn llais tawel. 'Nawr, mae'n hen bryd i mi baratoi te i bawb.'

Ar ôl iddi fynd i'r gegin, syllodd Alys a fi ar ein gilydd. Am y tro cyntaf erioed, doedd gan Alys ddim byd i'w ddweud.

Yn nes ymlaen, aeth Jac i'w wely a bu Alys, Lisa a fi'n gwylio rhyw raglen wirion ar y teledu. Ynddi, roedd grŵp mawr o bobl hanner call a dwl yn byw gyda'i gilydd mewn tŷ bychan, cyfyng. Bob tro roedd un ohonyn nhw'n gwneud rhywbeth allan o'r cyffredin, byddai Alys yn dweud, 'Od iawn. Pwy yn y byd fyddai'n ymddwyn fel yna?'

Doedd hi ddim fel petai'n disgwyl ateb, a da hynny. Ar ba blaned oedd hi'n byw, ta beth? Roedd y pethau oedd yn digwydd yn ei chartref ei hun ymhell o fod yn normal! Gwasgais fy hun i gornel y soffa, a gwneud fy ngorau glas i gau'r byd allan.

* * *

Fel roedden ni'n paratoi i fynd i'r gwely, awgrymodd Lisa 'mod i'n ffonio Mam, a dyna wnes i. Er iddi holi cant a mil o gwestiynau am fy iechyd, a'r bwyd ro'n i'n ei fwyta, ac ati, fe gawson ni sgwrs dda. Clywais fod Seren wedi dysgu reidio fy hen feic i, a'r olwynion bach sadio arno fe. Trueni nad o'n i yno i'w gweld . . . Yna daeth Dad ar y ffôn, ac roedd yn rhaid i mi esgus 'mod i'n cael amser grêt, a phopeth yn berffaith.

Yn nes 'mlaen, pan oedd Alys wedi cwympo i gysgu, bues i'n llefain am amser hir. Ro'n i eisiau bod gartref yn Aber, yn hapus yng nghwmni fy nheulu fy hun. Roedd bod yng Nghaerdydd gydag Alys yn rhy anodd o lawer.

# Pennod 15

Y bore wedyn, gorweddais yn y gwely'n meddwl am amser hir. Ro'n i wedi cefnogi Alys hyd yn hyn, a fedrwn i ddim troi cefn arni nawr. Roedd e'n deimlad tebyg i blymio oddi ar fwrdd uchel i mewn i'r pwll nofio – doedd dim pwynt newid eich meddwl pan oeddech chi hanner ffordd i lawr, a'r dŵr yn rhuthro tuag atoch. Roedd yn rhy hwyr o lawer i ailfeddwl.

Doedd dim pwynt hyd yn oed gobeithio y byddai heddiw'n ddiwrnod 'normal', ac y basen ni'n cael gwneud rhai o'r pethau grêt roedden ni wedi'u cynllunio. Arhosais i Alys ddeffro a dweud wrtha i pa syniadau hurt oedd ganddi mewn golwg y tro hwn.

O'r diwedd, gwelais Alys yn codi ar ei heistedd. 'Dwi eisiau diolch i ti, Meg,' meddai, 'am helpu gymaint arna i dros y dyddiau diwethaf.'

'Doedd e'n ddim byd,' dywedais yn ddidaro.

'Ond roeddet ti yma, ac mae hynny'n ddigon i mi. Allwn i ddim fod wedi'i wneud e hebddot ti.'

Teimlwn yn euog wrth feddwl am y peth.

'Rwyt ti wedi bod yn ffrind da,' ychwanegodd Alys. 'Diolch i dy help di, ry'n ni bron iawn â chael gwared â'r hen Caradog 'na.'

Er i mi wenu, do'n i ddim wedi fy argyhoeddi. Os oedd Caradog wir mewn cariad â Lisa, fyddai e ddim yn rhoi'r gorau iddi mor rhwydd â hynny. Doedd colli dwy ddêt ddim yn drychineb – ac roedd golwg hapus iawn arno fe yn y sinema y diwrnod cynt.

'Ddylen ni ddim fod wedi ymlacio ddoe,' meddai. 'Camgymeriad oedd hynny, ond gallwn wneud iawn amdano heddiw.'

Brathais fy nhafod rhag dweud mai dim ond rhyw hanner awr o ymlacio gawson ni drwy'r dydd, a hynny cyn i ni weld Lisa a Caradog yn y sinema.

Ond doedd dim taw ar Alys. 'Beth bynnag, dyma'r sefyllfa ar hyn o bryd. Mae Mam wedi gorfod canslo dwy ddêt yr wythnos hon oherwydd ei phlant trafferthus. Bydd Caradog yn siŵr o fod wedi cael llond bola'n barod – ond heddiw fydd yr uchafbwynt!'

Ro'n i'n teimlo'n dost, ond gwnes fy ngorau glas i gadw'r panig o'm llais wrth ofyn, 'Ym . . . beth yn union sy'n mynd i ddigwydd heddiw? Wyt ti'n bwriadu cael pwl arall o'r 'pendics? Plis paid â dweud dy fod yn bwriadu rhoi rhagor o'r losin erchyll 'na i Jac? A dwi ddim yn bwriadu mynd yn agos at y sinema ar ôl beth ddigwyddodd yno ddoe – y fath gywilydd!'

'Paid â becso,' meddai Alys. 'Fydd e ddim yn un o'r pethau yna.'

Bob tro mae Alys yn dweud 'Paid â becso', dwi'n gwybod ei bod yn bryd i mi ddechrau becso go iawn.

'Heddiw,' meddai, 'ry'n ni'n mynd i roi cynnig ar rywbeth hollol wahanol.'

Suddodd fy nghalon. 'Fel beth?' holais yn bryderus.

'Heddiw,' datganodd yn hyderus, 'mae

Caradog yn mynd i gwrdd â phlant ei gariad.'

'Ac wedyn . . ?'

'Wel, mae'n rhy fuan i roi unrhyw fanylion i ti. Dwi ddim wedi gorffen cynllunio eto. Ond galla i dy sicrhau di o un peth – fydd Caradog *ddim* yn hoffi'r hyn mae e'n ei weld!'

\* \* \*

Dechreuodd Alys weithredu ar ei chynllun dros frecwast. 'Mam,' meddai, 'mae Jac yn edrych yn flinedig ofnadwy heddiw. Falle na ddylai e fynd i'r Feithrinfa.'

'Dwi'n cytuno 'da ti,' meddai Lisa. 'Ac ar ôl yr holl helynt gyda fe ddoe mae'n debyg y byddai'n well iddo aros gartref. Ond mae'n rhaid i mi fynd mas – falle taw'r peth gorau fyddai ei anfon am ddim ond ryw awr neu ddwy.'

Edrychais ar Jac. Roedd ei lygaid coch yn llawn dagrau, a'r rheiny'n llithro'n araf i lawr ei wyneb. Rhwbiodd nhw â'i ddau ddwrn bach tew, a sylwais fod ei wefus isaf yn crynu. Roedd yn amlwg nad oedd y creadur bach wedi dod dros y profiad erchyll gafodd e gyda'r losin. Am y tro cyntaf erioed, anghofiais yn llwyr am yr holl droeon roedd e wedi fy nghicio a galw enwau arna i. Dim ond bachgen bach oedd e wedi'r cwbl, ac ro'n i'n teimlo trueni drosto.

'Jac druan,' meddai Alys yn fêl i gyd wrth ei mam. 'Mae e wedi ymlâdd. Pam na wnei di ei adael yma gyda Meg a fi? Edrychwn ni ar ei ôl e, dim problem. Ry'n ni'n hapus iawn i'w garco fe, on'd y'n ni, Meg?'

Nodiais. Pa ddewis arall oedd gen i?

Doedd dim angen gofyn ddwywaith i Lisa. Neidiodd ar ei thraed a rhoi sws ar dop pen Alys. 'Diolch i ti, cariad,' meddai. 'Rwyt ti'n werth y byd. A tithau hefyd, Meg. Diolch i chi'ch dwy.'

Er i mi wenu, allwn i ddim edrych i fyw llygaid Lisa. Tasai hi'n gwybod yn union pam bod ei mab mor flinedig, fyddai hi ddim yn diolch i mi. I'r gwrthwyneb – byddai'n fy ngwthio i mewn i'r car a gyrru'n syth i'r orsaf. Ac yno byddai'n prynu tocyn i fynd â fi yr holl ffordd adre i Aberystwyth.

'Fydda i ddim yn hir, dwi'n addo,' meddai wrth anelu am y drws. 'Awr neu ddwy ar y mwya. Cofia di fod yn fachgen da i'r merched, Jac, ti'n deall? Fydd Mami ddim yn hir.'

Nodiodd Jac a sychu'i ddagrau. Rhuthrodd Lisa i'w stafell wely i baratoi i fynd ar ei dêt gyda Caradog. Gwenodd Alys arna i, a chodi'i bawd.

Gwenais innau'n ôl yn wan. Roedd gen i deimlad gwael mai heddiw fyddai'r diwrnod gwaethaf o'r cyfan.

# Pennod 16

Tua hanner awr wedi deg, cerddodd Lisa allan o'r fflat mewn cwmwl o hapusrwydd pur a phersawr drud. Hwyliodd drwy'r drws fel carcharor oedd newydd gael ei rhyddhau ar ôl treulio ugain mlynedd dan glo. Ro'n i'n gwybod yn union sut roedd hi'n teimlo . . .

Chwarter awr yn ddiweddarach, gadawodd Alys, Jac a fi hefyd. Roedd Jac yn ymddwyn yn grêt, gan afael yn llaw ei chwaer a sgipio'n hapus wrth ei hochr ar hyd y palmant. 'Ble ni'n mynd,

Al?' gofynnodd toc, gan wenu ei wên fach giwt.

'Am dro bach.'

'Ga i losin eto, plis? Y rhai coch ac oren 'na?'

Edrychais ar Alys mewn braw. Doedd hi erioed yn bwriadu gwneud yr un peth eto?

'Paid ag edrych mor bryderus,' sibrydodd wrtha i. 'Faswn i, hyd yn oed, ddim yn gallu gwneud hynny am yr ail dro. Beth petai e'n wirioneddol dost? Neu'n cael damwain ddifrifol?'

'Na, bach,' meddai wrth ei brawd. 'Dim losin heddiw. Ond os wyt ti'n fachgen da, gallwn ni chwilio am gaffi a chael siocled poeth – fyddet ti'n hoffi hynna?'

'IEEE! Iym-iym!' llefodd Jac. 'Dwi'n hoffi siocled poeth!'

Ac er 'mod innau'n ei hoffi hefyd, fedrwn i ddim rhannu yn hapusrwydd Jac. Yr eiliad honno, daeth cynllun Alys yn glir i mi.

Ac fel ro'n i wedi'i ofni, ychydig funudau'n ddiweddarach roedden ni'n cerdded i lawr y stryd lle roedd 'lle arferol' Lisa a Caradog.

Roedd gen i ychydig eiliadau i obeithio nad oedd y lle bellach ar agor. Falle bod yr Adran Iechyd wedi'i gau i lawr? Neu ei fod wedi mynd ar dân yn y nos, a bod dim ond sgerbwd o'r adeilad ar ôl? Neu bod lladrad wedi digwydd, a'r lle'n berwi o blismyn . . ?

Ond na, roedd drws y caffi'n hanner agored, a sŵn clecian llestri a phobl yn siarad i'w glywed yn y stryd.

Yr unig obaith oedd gen i ar ôl oedd na fyddai Lisa a Caradog yno – ond gobaith gwan oedd e, gan taw hwn oedd eu 'lle arferol'.

Roedd gen i amser i wneud un cynnig arall cyn ei bod yn rhy hwyr. Gafaelais ym mraich Alys, a gwneud iddi sefyll yn stond am eiliad. 'Alys,' dywedais mewn llais difrifol, 'wyt ti'n *berffaith siŵr* dy fod ti eisiau gwneud hyn?'

Meddyliodd am eiliad cyn ateb. 'Na,' meddai, 'dwi ddim. Ond *rhaid* i mi – does gen i ddim dewis. Wnei di fy helpu i, Meg? Plis?'

Gallwn feddwl am gant o resymau dros ddweud 'Na!'. Ond, yn y diwedd, ro'n i'n gwybod ei fod, fel bob tro arall, yn ddewis rhwng helpu Alys neu golli ei chyfeillgarwch. Doedd e ddim yn ddewis o gwbl, mewn gwirionedd.

''Na fe, 'te,' ochneidiais. 'Man a man i ni fynd i mewn.'

Gwenodd Alys ac arwain y ffordd.

# Pennod 17

Fe welais y ddau ar unwaith. Roedd Lisa'n eistedd a'i chefn tuag atom, a Caradog yn ein hwynebu. Roedden nhw'n pwyso tuag at ei gilydd, a'u pennau bron â chyffwrdd.

Dywedodd e rywbeth, ac ysgydwodd Lisa'i phen gan wneud i'w gwallt hir, golau lithro fel llenni dros gefn ei siaced binc hyfryd. Edrychai'n debycach i fodel nag i rywun oedd yn eistedd mewn caffi digon cyffredin heb syniad yn y byd bod rhywbeth erchyll ar fin digwydd.

Estynnodd Caradog ei law a'i gorffwys ar fraich Lisa gan wenu'n llydan arni. Roedd ganddo ddannedd arbennig o dda. *Tasen nhw'n priodi*, meddyliais, *gallen nhw wneud ffortiwn – hi'n hysbysebu siampŵ ac yntau'n hysbysebu past dannedd!* Daliais f'anadl, yn ofni beth oedd yn mynd i ddigwydd nesaf. Os oedden nhw'n mynd i gusanu, do'n i ddim eisiau bod yno i'w gweld.

Falle bod Alys yn teimlo 'run fath . . . gafaelodd ym mraich Jac gan ddweud, ''Drycha, Jac – mae Mami draw fanna. Dyna i ti syrpréis neis, yntê? Gad i ni fynd draw i ddweud helô!'

Gwenodd Jac druan yn ddiniwed, a cherdded at ei fam gydag Alys yn ei ddilyn. Oedais i wrth fwrdd cyfagos gan wneud fy ngorau glas i beidio tynnu sylw ata i fy hun.

Edrychodd Caradog i fyny wrth i'r ddau blentyn ddod yn nes, ond wrth gwrs doedd ganddo ddim syniad pwy oedden nhw. Fyddai e ddim yn edrych mor hapus petai'n gwybod beth oedd ar fin digwydd! Trodd Lisa'i phen ryw fymryn, a gweld y ddau o gornel ei llygad. Roedd ei hwyneb yn bictiwr!

'Alys . . . Jac! Beth yn y byd y'ch chi'n wneud yma? Oes rhywbeth yn bod?'

Roedd gwên Alys bron mor ddiniwed ag un Jac. 'Na, mae popeth yn iawn,' meddai. 'Gan fod Jac yn fachgen mor dda, cynigiodd Megan a fi ddod ag e yma i gael siocled poeth. Ond mae'n dipyn o sioc dy weld *di* yma, Mam!'

Roedd yn amlwg i bawb fod hyn yn sioc i Lisa

hefyd – un amhleserus iawn. Syllodd ar ei phlant am sbel hir, fel tasai hi'n gobeithio y bydden nhw'n diflannu mewn pwff o fwg. 'Ble mae Megan?' gofynnodd ymhen hir a hwyr.

Ro'n i'n gwneud fy ngorau i guddio tu ôl i glamp o blanhigyn mawr – ond, wrth gwrs, gwelodd Alys fi ar unwaith. Cerddodd tuag ata i, gan wenu'n llydan a dweud, 'Beth yn y byd wyt ti'n wneud yn fanna ar ben dy hun, Meg? Dere draw aton ni – 'drycha, mae Mam yma.'

'Gad lonydd i mi,' hisiais arni. 'Dy broblem *di* yw hon – gad fi mas ohoni.'

Edrychodd Lisa draw a 'ngweld i. 'O, dyna ti, Megan. Man a man i tithau ymuno â ni hefyd.' A chliciodd ei bysedd, fel petai hi'n galw ar gi.

Erbyn hyn, roedd pobl eraill yn y caffi'n dechrau sylwi arnon ni – y fath embaras!

Cliciodd Lisa'i bysedd eto. 'Twt lol, ferch! Dere draw yn lle loetran yn fanna'n tynnu sylw atat ti dy hun!'

Ro'n i'n teimlo fy wyneb yn cochi, a'r dagrau'n cronni tu ôl i'm llygaid. Doedd gen i ddim dewis ond cerdded yn araf at y bwrdd. Sefais yno a 'nwylo yn fy mhocedi, heb ddweud gair.

Gwyliai Caradog y cyfan a rhyw hanner gwên

ar ei wyneb. Druan ohono – doedd ganddo ddim syniad beth oedd o'i flaen. Do'n i ddim yn gwybod chwaith, ond ro'n i'n disgwyl y gwaetha.

Roedd dwy gadair wag wrth y bwrdd. Gafaelodd Alys ym mraich Jac a'i godi ar un ohonyn nhw, a dweud wrtha i am eistedd ar y llall. Estynnodd hithau gadair oedd wrth fwrdd arall, ac eistedd arni.

Edrychai Lisa'n welw iawn. Heblaw ei bod wedi siarad mor anghwrtais gyda fi, falle y byddwn i wedi teimlo trueni drosti.

'Alys,' meddai, 'gwell i chi fynd adre nawr. Wela i chi toc – fydda i ddim yn hir.' Estynnodd am ei phwrs o'i bag llaw a thynnu arian ohono. 'Dyma ti – pryna gylchgrawn neu ddau i Meg a tithau, a chomic i Jac.'

Gwenodd Alys a dweud, 'Diolch yn fawr i ti, Mam, ond byddai'n drueni i ni fynd nawr, a ninnau newydd gyrraedd. Beth am i ni i gyd gael paned gyda'n gilydd? Ro'n i wedi addo i Jac y byddai'n cael siocled poeth yma.'

'Chlywaist ti mohono i, Alys?' dywedodd Lisa mewn llais crac. 'Dwedais i . . .'

Torrodd Caradog ar ei thraws. 'Gad iddyn nhw aros, Lisa,' meddai. 'Does dim problem.' Edrychodd arnon ni i gyd yn ein tro, a gwenu'n glên. 'Dwi wedi clywed llawer iawn amdanoch chi, Alys a Jac – neis cwrdd â chi o'r diwedd. A ti yw Megan, ffrind Alys o Aberystwyth, ife?' meddai gan droi ata i.

Rhythodd Alys arno. Anwybyddodd Jac ef yn llwyr. Ceisiais i wneud iawn am ddiffyg cwrteisi'r ddau arall trwy wenu cystal ag y gallwn – oedd yn anodd, gan mai'r unig beth ar fy meddwl oedd diflannu'n gyfan gwbl.

'Caradog ydw i,' meddai, 'ym . . .' Edrychodd ar Lisa, ac ysgydwodd hi ei phen ryw fymryn. 'Ffrind Lisa,' meddai o'r diwedd.

Gwenodd eto. Doedd e'n amlwg ddim wedi sylwi bod Alys yn syllu arno fel tasai hi ar fin ei bwnio'n galed rhwng ei lygaid. Roedd hi weithiau'n ymarfer yr olwg yma yn y drych, heb sylweddoli 'mod i'n ei gwylio. Teimlwn drueni mawr dros Caradog. Os oedd e'n mynd i fod yn rhan o'r teulu Roberts, byddai'n rhaid iddo arfer â'r olwg yna yn llygaid Alys.

Cododd Caradog ar ei draed. 'Nawr 'te – ry'ch chi'ch tri'n siŵr o fod yn barod am baned ar ôl cerdded yr holl ffordd yma. Siocled poeth a chacen i bawb, ife?'

Nodiodd Jac a fi, ond wnaeth Alys ddim ymateb. Yn fy marn i, roedd Caradog yn foi clên.

Os oedd raid i Alys gael llystad, gallai hi wneud yn llawer gwaeth na hwn.

Ar ôl iddo fynd at y cownter, plygodd Lisa dros y bwrdd at Alys a hisian, 'Reit, madam . . . beth yw dy broblem di? Pam ry'ch chi yma?'

'Pa broblem?' holodd Alys yn ddiniwed.

'Roedden ni'n digwydd pasio, a phenderfynu galw i mewn. Roeddet ti'n digwydd bod yma hefyd, a nawr ry'n ni'n mynd i gael paned gyda'n gilydd. Beth sy o'i le ar hynny?'

'Dim byd, sbo,' meddai Lisa'n ansicr. 'Ond peidiwch â loetran. Yfwch eich diod yn reit sydyn a mynd adre. Dyw hyn ddim yn briodol o gwbl . . .'

'Beth yw bri-od-ol, Mami?' holodd Jac yn ddiniwed.

'Mae'n golygu y dylet ti fod gartre'n chwarae gyda dy Lego,' atebodd Lisa'n siarp. 'A dwi'n dy rybuddio di, Alys – bihafia dy hun, iawn?'

'Paid â becso, Mam,' atebodd yn fêl i gyd. 'Galli di ddibynnu arna i.'

Ar hynny, daeth Caradog yn ei ôl yn cario hambwrdd yn llawn dop o ddiodydd a chacennau. Roedd y stêm yn codi o'r siocled poeth, a'r malws melys yn toddi yn y ffroth llaeth. Iym! O'r diwedd, ro'n i'n cael y trît roedd

Alys wedi'i addo i mi drwy'r wythnos. Dylwn fod yn teimlo'n hapus. Ond sut gallwn i? Ro'n i'n gwybod yn iawn taw dim ond dechrau'r trafferthion oedd hyn.

# Pennod 18

Eisteddodd Caradog wrth y bwrdd a rhannu'r danteithion rhyngon ni. Roedd wedi prynu diod i bawb, a phlataid mawr o gacennau ffansi i'w rhannu. *Byddai Mam yn cael trawiad ar y galon tasai hi'n gweld faint o siwgr a braster a chalorïau sy wedi'u pentyrru o 'mlaen i!* meddyliais. Agorodd Jac ei lygaid led y pen, a gwenu'n hapus ar Caradog.

Gwenodd Alys hefyd, ac am eiliad meddyliais falle ei bod wedi newid ei hagwedd tuag ato. Ond na – estynnodd i mewn i'w cheg a thynnu llinyn hir o gwm cnoi allan, gan ei lapio rownd a rownd ei bys.

'Stopia hynna ar unwaith!' hisiodd Lisa. 'Mae e'n beth cwbl fochaidd i'w wneud!'

'Iawn, Mam,' meddai Alys gan wenu. 'Ti yw'r bòs.' Dadlapiodd y gwm oddi ar ei bys a'i roi'n ôl yn ei cheg cyn chwythu'r swigen fwya welais i erioed. Bu'n hongian o'i cheg fel balŵn fawr binc am sbel, cyn byrstio'n swnllyd dros ei hwyneb. Edrychai fel rhywun oedd wedi bod mewn damwain erchyll. Gwenodd Alys wrth ddechrau plicio'r darnau oddi ar ei chroen . . .

Roedd wyneb Lisa'n bictiwr. 'Alys!' hisiodd. 'Tafla'r hen stwff erchyll 'na – *nawr*!'

'Wrth gwrs, Mam annwyl.' Tynnodd Alys y gwm o'i cheg, ei rolio'n belen, a'i sticio o dan y bwrdd. ''Na fe,' meddai. 'Wedi mynd. Hapus nawr? Ond paid â gadael i mi ei anghofio – dim ond ers dau ddiwrnod mae e gen i.' Trodd at Caradog a dweud, 'Dwi'n casáu gadael darn o gwm ar ôl pan mae 'na oriau o gnoi ar ôl ynddo fe. Y'ch chi'n cytuno?'

Dechreuodd Caradog chwerthin, ond caeodd ei geg yn sydyn wrth weld yr olwg ar wyneb Lisa. Yn hytrach, trodd at Jac a chynnig cacen iddo. 'Pa un gymeri di?' holodd.

Gwenodd Jac a gafael yn un o'r cacennau, gan wneud ei orau glas i'w stwffio'n gyfan i mewn i'w geg. Fyddai Seren, hyd yn oed, ddim wedi gwneud hynny. Ond roedd Jac yn hynod fabïaidd am fachgen pump oed – canlyniad y problemau teuluol, siŵr o fod.

Erbyn hynny, roedd yr hufen a'r briwsion o'r gacen wedi mynd i bobman – dros wyneb a dwylo Jac, y bwrdd, y gadair a'r llawr. Gafaelodd Lisa mewn napcyn a'i ddefnyddio i lanhau'r llanast gwaethaf. Ond wrth iddi wneud hynny, cipiodd Jac gacen arall a gwneud yr un peth eto.

Roedd hyn yn ofnadwy! Sipiais fy siocled a cheisio dychmygu 'mod i yn rhywle arall, yn ddigon pell i ffwrdd. Byddai unrhyw beth yn well na hyn – gwagio'r peiriant golchi llestri, glanhau'r tŷ cyfan, neu hyd yn oed cael tynnu dant!

Am ryw reswm, roedd Alys yn crafu'i phen yn galed. Rhaid i mi gyfaddef, roedd hi'n ddyfeisgar iawn wrth feddwl am bob math o bethau i dynnu sylw ati'i hun. Gwyliai Lisa hi heb ddweud gair, ond cerddodd Caradog druan i mewn i'w thrap. 'Oes rhywbeth yn bod ar dy ben di?' holodd yn ddiniwed.

'Na,' atebodd Alys, 'dim ond y llau pen sy'n cosi. Mae Jac a fi'n eu cael nhw drwy'r amser. Dyw hi ddim yn broblem fawr.'

'Bydda i'n delio gyda ti cyn gynted ag y byddwn ni adre,' hisiodd Lisa drwy'i dannedd.

'Iawn, Mam,' atebodd Alys, 'ond dwi'n credu ein bod ni wedi defnyddio'r botel olaf o stwff llau y dydd o'r blaen. Dwyt ti ddim yn cofio?' Trodd at Caradog ac ychwanegu, 'Ry'n ni'n defnyddio llwythi o'r stwff 'na. Dylai Mam brynu llond bwced ohono fe ar y tro.'

Symudodd Caradog i ffwrdd oddi wrthi, a'r olwg ar ei wyneb yn dweud y cyfan. 'O diar, rhaid bod hynna'n anghyfforddus iawn,' mentrodd.

'Dyw e ddim yn rhy ddrwg, mewn gwirionedd,' meddai Alys. 'O leia mae'r llau pen yn well na'r chwain. Mae Jac a fi wastad yn dost, yn anffodus.' A symudodd Caradog ei gadair ymhellach fyth i ffwrdd.

'Mae'n wir flin gen i, Caradog,' meddai Lisa. 'Does gen i ddim syniad beth sy'n bod ar Alys heddiw. Dyw hi ddim fel hyn fel arfer.'

'Na – dwi'n lot gwaeth!' chwarddodd Alys, yn ddigon uchel i bawb ei chlywed. 'Ond, yn ffodus, fe gofiais i gymryd fy moddion cyn dod mas.'

Ochneidiodd Lisa'n uchel, ond ddywedodd hi 'run gair – rhag ofn iddi wneud pethau hyd yn oed yn waeth, mae'n debyg.

Erbyn hyn, roedd y bobl o'n cwmpas yn syllu'n syn arnon ni. Gallwn eu dychmygu'n mynd adref a dweud wrth eu teuluoedd, 'Dylech chi fod wedi bod yn y caffi bore 'ma – roedd 'na deulu honco bost yno! Welais i erioed blant yn ymddwyn mor wael yn gyhoeddus. Doedd y fam druan ddim yn gwybod ble i edrych . . .'

Yn sydyn, estynnodd Jac am y gacen olaf ar y plât. Tra bod y gweddill ohonon ni'n gwylio Alys, roedd e wedi llwyddo i stwffio'r rhan fwyaf o'r cacennau i mewn i'w geg. Dwn i ddim faint ohonyn nhw oedd wedi cyrraedd ei stumog, chwaith, gan fod cymaint o lanast arno fe'i hun ac o'i gwmpas.

Dechreuodd Lisa fwytho'i ben. 'Dwi'n credu dy fod ti wedi cael digon nawr, bach,' meddai wrtho. 'Rho honna'n ôl ar y plât.'

'NAAAAAA!' sgrechiodd Jac dros y caffi i gyd. 'Fi'n moyn y gacen 'na – fi'n *moyn*!'

Siaradodd Lisa mewn llais tawel, er bod yr olwg ar ei hwyneb yn adrodd stori wahanol. 'Wn i beth wnawn ni,' meddai. 'Fe wnaiff Mami lapio'r gacen mewn napcyn, a galli di ei chael hi i de.'

'*Naaaaaaaaaaaaaaa!*'

Y tro hwn, roedd y waedd yn uwch o lawer ac

yn para'n hirach. Erbyn hyn, roedd hyd yn oed y bobl yng nghornel bella'r caffi'n syllu'n syn. Edrychais ar Alys. Roedd hi'n wên o glust i glust ac yn amlwg wrth ei bodd.

'Go dda,' sibrydodd yn fy nghlust. 'Dyw Jac ddim hyd yn oed yn gwybod 'mod i'n trio dychryn Caradog i ffwrdd, ond mae e'n gwneud jobyn teidi ta beth!'

'Ie, grêt,' sibrydais yn ôl. 'Dwi'n hapus iawn drosot ti. Nawr, gawn ni fynd o'ma, plis? Rwyt ti wedi codi digon o ofan ar y dyn druan erbyn hyn, siawns?'

'Fe awn ni'n fuan, dwi'n addo,' atebodd gan wenu.

Roedd Jac yn dal i sgrechian am y gacen. Dwi'n siŵr bod Lisa'n difaru nad oedd hi wedi gadael iddo'i bwyta, ond doedd hi ddim am ddangos hynny o flaen Caradog. Mae'n debyg ei bod yn trio rhoi'r argraff iddo fe ei bod hi'n Siwpyr-Mam, oedd â rheolaeth lwyr dros ei phlant. Yn anffodus, roedd hi ryw ddeng mlynedd yn rhy hwyr . . .

'Na chei, bach, chei di *ddim*. Rwyt ti wedi bwyta llawer gormod yn barod. Dwyt ti ddim eisiau bod yn dost, nag wyt?'

Roedd dweud hynny'n gamgymeriad mawr.

Ar y gair, torrodd Jac glamp o wynt, a chwydu cynnwys ei stumog – yr holl gacennau, y siocled poeth, y malws melys, a'r Coco Pops gafodd e i frecwast – yn un afon frown, sleimi dros ei ddillad, y bwrdd a'r llawr. Roedd yn gwbl *fochaidd*.

Fel dwy chwaer fawr, mae Alys a fi'n ddigon profiadol mewn sefyllfaoedd fel hyn. Ar amrantiad, neidiodd y ddwy ohonon ni mas o'r ffordd. Ond doedd Caradog, mae'n amlwg, ddim wedi cael profiad tebyg erioed o'r blaen. Symudodd yn nes at Jac a dweud, 'Druan bach . . .' Yr eiliad honno, torrodd Jac wynt eto cyn arllwys gweddill cynnwys ei stumog dros siwt smart Caradog.

Gafaelodd Lisa mewn napcyn a gwneud ei gorau glas i sychu'r gwaethaf, ond roedd hynny fel defnyddio macyn papur i geisio sychu llyn Parc y Rhath. Roedd y drewdod yn erchyll, a phobl o'n cwmpas yn brysur yn casglu eu stwff i adael ar frys.

Roedd Lisa bron â drysu. 'O, Caradog, mae'n *wir* flin gen i . . .' Ond doedd e ddim yn gwrando – roedd yn rhy brysur yn ceisio rhwystro'r afon frown rhag cyrraedd ei sgidiau lledr.

Trodd Lisa at Alys. Roedd yr olwg ar ei

hwyneb yn awgrymu y gallai fod wedi dweud llawer o bethau wrthi – ond doedd hi ddim am fentro yngan y geiriau hynny o flaen Caradog a'r ychydig bobl oedd ar ôl yn y caffi.

'Dos â dy frawd adre ar unwaith,' cyfarthodd, 'a'i roi e'n syth yn y bath. Wyt ti'n deall? Wela i di'n nes 'mlaen.'

Ro'n i'n crynu yn fy sgidiau wrth wrando arni, ond doedd Alys yn becso dim. 'Iawn, Mam. Fel dwedais i gynnau, ti yw'r bòs.'

Ar hynny, plygodd dros y bwrdd – oedd yn nofio o chwŷd – ac achub ei gwm cnoi oddi tano. 'Diolch byth 'mod i wedi cofio am hwn, ontefe?' dywedodd gan wenu.

Cyn i'w mam gael cyfle i ymateb, gafaelodd Alys ym mraich Jac ac aeth y tri ohonon ni allan o'r caffi. Y tu allan ar y palmant, dechreuodd y bychan gonan eto. 'Fi'n fachgen da, Al,' meddai. 'Fi'n moyn y gacen 'na nawr, plis!'

# Pennod 19

Wrth i ni gerdded
yn ôl i'r fflat, roedd
pobl yn edrych yn
rhyfedd iawn arnon
ni. Roedd Alys yn
ymddwyn fel tasai

hithau wedi bwyta gormod o'r losin ych a fi –
sgipiai ar hyd y palmant a rhyw sglein annaturiol
yn ei llygaid. Doedd gen i ddim awydd dweud
gair wrthi. Am y milfed tro yr wythnos honno,
ro'n i'n dyheu am gael bod adre gyda Mam a Dad
a Seren. Doedd bywyd ddim yn gyffrous yn Aber
– ond roedd unrhyw beth yn well na'r llanast
yma.

Roedd Alys yn gafael yn llaw Jac a'i lusgo y tu
ôl iddi. Roedd e'n dal i lefain, ond yn ddistawach
erbyn hyn, fel petai ei fatris ar fin dod i ben.
Llifai dagrau a sleim trwyn i lawr ei wyneb, ac
roedd ei ddillad yn blastar o chwŷd. Doedd gen i
ddim mymryn o awydd bod yn agos atyn nhw –
ond pa ddewis oedd gen i?

Wrth i ni stopio ar groesfan, daeth hen fenyw
fach draw at y ddau. 'Beth sy'n digwydd fan

hyn?' holodd yn bryderus. 'Beth sy'n bod 'da'r bachgen bach 'ma? Mae golwg ofnadwy arno fe.'

Mae'n debyg ei bod yn meddwl bod Alys a fi'n herwgipio Jac. Ond os felly, pam yn y byd y byddai unrhyw un yn dewis bachgen mewn cyflwr mor erchyll pan oedd 'na ddigonedd o rai bach glân o gwmpas?

Syllodd Alys yn gas ar yr hen fenyw, ond cyn iddi gael cyfle i agor ei cheg gwthiais i o'i blaen. Roedden ni mewn digon o drwbwl yn barod, heb iddi hi wneud pethau'n waeth. Gwenais fy ngwên orau – yr un oedd yn dweud 'fi yw'r ferch gall, gyfrifol fan hyn'.

'Mae popeth yn iawn,' dywedais. 'Ei brawd bach hi yw e. Roedden ni mas gyda'u mam, ac aeth e'n dost. Ry'n ni ar ein ffordd adre, er mwyn iddo fe fynd yn syth i'r bath.'

Do'n i ddim hyd yn oed yn gorfod dweud celwydd.

Edrychodd yr hen fenyw'n amheus arna i cyn closio at Jac. Sut gallai hi wneud hynny? Oedd rhywbeth yn bod ar ei thrwyn hi? Allwn i fyth ddiodde mynd mor agos at y drewdod! Pwyntiodd yr hen fenyw at Alys a gofyn i Jac, 'Ydy hon yn chwaer i ti, bach?'

Nodiodd Jac.

'Felly pam rwyt ti'n llefain?' holodd.

'Am bo fi'n moyn cacen arall,' llefodd Jac.

'Hmmm, wel 'na fe 'te. Bant â chi. Gobeithio gewch chi ddiwrnod da.'

*Dyw hynny ddim yn debygol o ddigwydd,* meddyliais.

\* \* \*

O'r diwedd, cyrhaeddon ni'n ôl yn y fflat. 'Paid â symud cam,' meddai Alys wrth Jac. Rhedodd hithau'n syth i'r gegin ac estyn sach plastig du. 'Reit – tynna dy ddillad i gyd,' gorchmynnodd, 'a rhoi popeth i mewn yn y bag 'ma.'

Ufuddhaodd Jac dan gwyno, ac o fewn dim roedd y dillad drewllyd wedi'u cau'n dynn yn y bag a Jac ar ei ffordd i'r bath. Gallwn glywed y sblasio wrth iddo ddringo i mewn, yn dal i lefain yn ddistaw. Cwrddais ag Alys wrth iddi estyn tywel glân o'r cwpwrdd crasu yn y cyntedd. Roedd hi ar fin mynd yn ôl i'r stafell molchi pan rois fy llaw allan i'w rhwystro.

Ro'n i'n teimlo'n wirioneddol grac. Dwi wastad yn casáu dadlau, yn enwedig gydag Alys – ond y tro hwn ro'n i'n teimlo ei bod wedi mynd yn rhy bell. Roedd yn rhaid i mi ddweud *rhywbeth* . . . er nad o'n i eto'n gwybod beth yn union.

Meddyliais yn galed am eiliad neu ddwy. 'Ymm, Alys . . .' dechreuais.

'Dos o'r ffordd, Meg,' atebodd yn siarp. 'Rhaid i mi fynd yn ôl at Jac.'

Anadlais yn ddwfn cyn dweud, 'Sut gallet ti, Alys? Sut gallet ti wneud y fath beth i Jac?'

'Gwneud beth?' holodd yn ddidaro. 'Smo i'n gwybod am beth ti'n sôn.'

Ei hagwedd ddi-hid oedd y peth gwaethaf. Sut gallai hi ymddwyn mor oeraidd ar ôl popeth oedd wedi digwydd? Ro'n i'n teimlo mor grac, allwn i ddim cau fy ngheg.

'Rwyt ti'n berson *mor* erchyll! Sut gallet ti wneud pethau mor ofnadwy i Jac druan, dy frawd bach pump oed? Stwffio'r holl losin ych a fi 'na i mewn i'w geg e y dydd o'r blaen, a heddiw ei wneud e'n dost ac yn ddagreuol. Mae'r peth yn greulon, Alys. Ddylet ti mo'i drin e fel yna.'

Safodd Alys yn ei hunfan, a'i breichiau wedi'u plethu o'i blaen. Roedd hithau'n amlwg yn grac. Yn sydyn, ro'n i'n teimlo'n ofnus. Doedd Alys a fi erioed wedi cael ffrae go iawn – yn bennaf oherwydd 'mod i'n ildio cyn i bethau fynd yn ffradach.

'Dwi'n gwneud y cyfan am reswm da – i'r ddau ohonon ni,' meddai Alys yn herfeiddiol. 'Bydd cael gwared o Caradog yn llesol i Jac hefyd. Bydd e a phawb arall yn diolch i mi yn y diwedd, gei di weld.'

Pipiais i mewn i'r stafell molchi i wneud yn siŵr bod Jac yn iawn. ''Drycha arno fe, Alys,' sibrydais. 'Mae e mor annwyl . . .'

Roedd Jac yn eistedd yn y bath, yn dal i ochneidio'n dawel. Roedd ei groen bellach yn binc ac yn lân, a gafaelai'n dynn yn ei ddeinosor bach rwber gwyrdd. Wrth weld ei chwaer fawr, dechreuodd lefain eto. Gwenais i arno, a rhwbio'i ben.

'Paid â becso, Jac bach,' dywedais, 'mae popeth yn iawn nawr.'

Gwenodd Jac yn wan wrth i mi gerdded yn ôl at Alys a chau'r drws.

'Dyw e jest ddim yn deg, Alys,' dywedais yn gadarn. 'Rwyt ti'n gwybod hynny'n iawn.'

'Beth wyddost *ti*?' holodd yn bigog. 'Fy mrawd *i* yw Jac, nid dy frawd di. Mae'n rhwydd i ti, yn byw yn Aberystwyth gyda dy fam a dy dad hyfryd, a dy chwaer fach giwt. Does gen ti ddim *syniad* sut dwi'n teimlo!'

'Falle ddim,' dywedais yn dawel, 'ond dwi'n

gwybod un peth – hyd yn oed tasai fy rhieni i'n gwahanu, a 'mod i'n gorfod gadael fy nghartre a'm ffrindiau, faswn i *byth bythoedd* yn gallu trin Seren fel rwyt ti wedi trin Jac. Dim ond pump oed yw e – babi, mewn gwirionedd. Croeso i ti wneud fel fynni di, ond paid â gorfodi Jac i fod yn rhan o dy gynlluniau.'

Roedd yr olwg roddodd Alys i mi yn ddigon i godi dychryn. 'Dwyt ti'n gwybod *dim*, Megan Huws,' meddai. 'Dim byd o gwbl. Dwi'n dy *gasáu* di!'

A rhuthrodd i mewn i'r stafell molchi gan gau'r drws yn glep ar ei hôl.

# Pennod 20

Fedrwn i ddim cadw'r dagrau'n ôl am eiliad yn rhagor. Rhedais i mewn i stafell wely Alys a gorwedd ar y gwely gan feichio crio nes bod y gobennydd yn wlyb socian. O'r diwedd, codais ac estyn fy mag o'r wardrob a dechrau pacio. Gallwn gael bws i'r orsaf, a dal y trên nesaf i Aberystwyth. Do'n i ddim yn hoffi meddwl am grwydro strydoedd Caerdydd ar ben fy hun, ond byddai aros fan hyn yn waeth fyth. Gorau po gyntaf y gallwn ddianc o'r fflat 'ma.

Er taw Alys oedd fy ffrind gorau, fedrwn i ddim cymryd rhagor. Ro'n i allan o 'nyfnder yn llwyr. Do'n i ddim eisiau siarad gydag Alys byth eto. Do'n i ddim yn credu 'mod i hyd yn oed eisiau ei gweld. Ro'n i wedi gwneud fy ngorau glas, ond roedd bywyd gydag Alys jest yn rhy gymhleth.

Gallwn adael nodyn iddi ar fwrdd y gegin, yn dweud 'mod i'n teimlo'n hiraethus. Doedd hyn ddim yn gelwydd. Do'n i erioed o'r blaen wedi hiraethu cymaint am fy nghartref a 'nheulu.

Es ar hyd y cyntedd, gan ddiolch bod y carped gwyn, trwchus yn cuddio unrhyw sŵn. Wrth i mi fynd heibio drws y stafell molchi, gallwn glywed Alys yn siarad yn dawel gyda Jac.

Yn raddol bach, distawodd y llefain wrth i Alys ganu 'Gee ceffyl bach' – y gân roedd hi a fi wedi'i chanu droeon i Seren a Jac pan oedden nhw'n iau. Ymunodd y bychan â'i chwaer i floeddio 'Cwympo ni'n dau!' i sŵn sblasio a chwerthin mawr.

Cuddiais y tu ôl i'r drws wrth i'r ddau ddod allan o'r stafell molchi, a Jac wedi'i lapio'n dynn mewn tywel mawr glas. Aethon nhw i mewn i'w stafell wely, lle helpodd Alys ei brawd bach i wisgo pyjamas glân. I ffwrdd â nhw wedyn i'r stafell fyw, lle gwnaeth Alys wely cyfforddus o flancedi ar y soffa i Jac, a rhoi ei bwni bach yn ei freichiau. Roedd ei hoff raglen ymlaen ar y teledu.

'Dyna ti, cariad,' meddai gan ei gusanu'n ysgafn ar ei foch. 'Aros di fan hyn i wylio'r teledu, ac fe ddo i'n ôl toc i wneud yn siŵr dy fod ti'n iawn.'

'Diolch,' meddai Jac gan wenu a rhoi cwtsh i'r bwni bach.

Am unwaith, edrychai'n annwyl a chiwt wrth iddo orwedd yn ôl ar y blancedi a dechrau sugno'i fawd.

Daeth Alys allan o'r stafell fyw ac anelu'n syth am y stafell molchi. Pan gaeodd hi'r drws, doedd gen i unman i guddio ac ro'n i'n teimlo'n dipyn o ffŵl. Ond ddwedodd Alys 'run gair, dim ond rhoi clamp o gwtsh i mi.

'Ti sy'n iawn, Meg,' meddai. 'Ro'n i'n greulon ac yn hunanol yn trin Jac fel yna. Wnes i ddim meddwl am ei les e wrth gynllunio'r cyfan. Dyw e ddim yn haeddu cael ei drin mor wael, ac fe wna i 'ngorau glas i wneud popeth yn iawn eto.'

'Dwi mor falch, Al,' sibrydais, gan sychu fy llygaid.

'A dwi'n flin am beth ddwedais i wrthot ti gynnau hefyd,' ychwanegodd. 'Allwn i byth dy gasáu di – ti yw'r ffrind gorau allai unrhyw ferch ei chael.' Ond yna digwyddodd weld fy mag. 'Beth yw hwnna?' gofynnodd yn syn. 'Wyt ti'n gadael?'

Nodiais.

'Dwi ddim yn dy feio di. Baswn i wedi mynd ers dyddiau. Rwyt ti wedi bod yn grêt yn aros cyn hired â hyn.'

'Mae'n flin gen i, Al, wir i ti,' dywedais. 'Dwi eisiau helpu, ond does gen i ddim syniad sut. Mae'r cyfan yn rhy gymhleth. Dwi jest . . .'

'Dwi'n deall yn iawn,' torrodd Alys ar fy nhraws. 'Paid â becso amdana i – bydd popeth yn troi mas yn iawn yn y diwedd.'

Triais wenu drwy fy nagrau a dweud, 'Synnwn i ddim dy fod ti wedi llwyddo i gael gwared â Caradog, ta beth. Fydd e ddim yn awyddus i weld dy fam eto ar ôl popeth ddigwyddodd heddiw! Er, faswn i ddim yn hoffi bod yn dy sgidiau di pan ddaw hi'n ôl adre!'

'Dwi wedi wynebu sefyllfaoedd gwaeth gyda Mam,' meddai Alys. 'Bydd hi'n ofnadwy o grac, a cha i ddim symud cam o'r fflat am sbel, ond fe ddown ni drwyddi yn y diwedd. Dere, fe gerdda i gyda ti at y bws.'

Codais fy mag a'i dilyn at y drws. 'Beth ddwedi di wrth dy fam?' holais. 'Bydd hi eisiau gwybod pam 'mod i wedi mynd adre mor sydyn.'

'Ddweda i wrthi dy fod ti wedi cael pwl cas o'r 'pendics,' meddai.

Er er bod ni'n dwy wedi chwerthin, doedd y dagrau ddim ymhell.

Aeth Alys i mewn at Jac a dweud, 'Dwi'n mynd mas am ychydig. Fydda i ddim yn hir. Paid ag ateb y drws i neb, iawn?'

'Iawn,' atebodd, heb dynnu ei lygaid oddi ar sgrin y teledu.

Wrth i ni groesi'r maes parcio, roedd dwy ferch tua'r un oed â ni yn cerdded heibio, gan siarad bymtheg y dwsin a chwerthin yn hapus. Ro'n i'n teimlo'n drist am nad oedd Alys a fi yn gallu bod 'run fath â nhw.

Ddwedodd Alys a fi 'run gair wrth gerdded tuag at yr arhosfan bysiau. Yno, fe edrychodd ar yr amserlenni a dweud, 'Mae 'na fws i orsaf Caerdydd Canolog mewn deng munud, a fydd dim rhaid i ti aros yn hir am drên i Aberystwyth. Cofia newid trên yn Amwythig, ac fe fyddi di adre erbyn amser te. Os wyt ti'n lwcus, falle bydd dy fam wedi gwneud cawl sbigoglys organig!'

Trodd i ffwrdd yn gyflym, ond nid cyn i mi weld y dagrau'n llifo i lawr ei hwyneb. Rhoddodd gwtsh arall i mi a dweud, 'Rhaid i mi fynd. Alla i ddim gadael Jac ar ei ben ei hun. Hwyl i ti, Meg.'

Croesodd y ffordd, a gwelais hi'n diflannu drwy ddrysau mawr y fflatiau.

Ro'n i'n crynu o oerfel, a chaeais fotymau fy siaced. Edrychais ar fy watsh. Byddai Mam yn cael sioc ofnadwy wrth fy ngweld yn cyrraedd adre mor fuan. Gobeithio na fyddai hi'n holi gormod o gwestiynau anodd. Byddai'n rhaid i mi gofio prynu losin i Seren yn yr orsaf – ond nid y rhai coch ac oren erchyll 'na, chwaith. Do'n i byth eisiau gweld y rheiny eto. Ro'n i'n gobeithio y byddai Gwawr a Lois yn fodlon dod i'r sinema yn Aberystwyth gyda fi y diwrnod wedyn – ches i byth wylio'r ffilm honno ro'n i wedi edrych 'mlaen gymaint at ei gweld gydag Alys.

Wrth aros am y bws, ro'n i'n trio meddwl am bethau hapus, ond fedrwn i ddim anghofio Alys a'i phroblemau. Roedd hi nid yn unig yn drist, ond erbyn hyn roedd hi mewn trwbwl mawr hefyd. Pa fath o ffrind o'n i, yn troi 'nghefn arni mor rhwydd?

Gallwn weld y bws yn dod tuag ataf. Taswn i'n dal fy llaw allan, byddai'n stopio a mynd â fi'n ddigon pell o'r lle 'ma. Gallwn fod adre mewn ychydig oriau.

Ond fedrwn i ddim peidio meddwl am Alys. Falle nad o'n i'n gallu gwneud llawer i'w helpu, ond o leia gallwn fod yno i'w chefnogi.

Gyrrodd y bws heibio'n swnllyd. Gafaelais yn

fy mag a chroesi'r ffordd tuag at y fflatiau. Roedd menyw'n digwydd mynd i mewn ar yr un pryd, a daliodd y drws ar agor i mi. Cerddais lan y staer a churo ar ddrws fflat Alys. Pan agorodd y drws i mi, roedd ei hwyneb yn bictiwr.

'Ro'n i'n meddwl taw Mam oedd yna!' meddai mewn syndod.

'Ga i ddod i mewn?' gofynnais gan wenu.

Gwenodd hithau a dweud, 'Meg, wna i byth bythoedd anghofio hyn.'

'Hmm,' atebais, 'mae gen i ryw deimlad na wna innau ddim chwaith!'

Rhoddodd Alys gwtsh i mi, ac aeth y ddwy ohonon ni i mewn i aros am Lisa.

# Pennod 21

Doedd dim rhaid i ni aros yn hir. Roedd Alys a fi'n eistedd yn y stafell fyw gyda Jac pan glywson ni'r allwedd yn y drws. Teimlais ryw gryndod yn saethu drwy 'nghorff i gyd. Ces fy nhemtio i guddio o dan wely Alys, cyn penderfynu nad oedd hynny'n syniad da. Doedd ganddon ni ddim dewis ond aros yn ein hunfan a disgwyl y gwaethaf.

Clywais sŵn yr allweddi wrth i Lisa eu rhoi ar y bwrdd yn y cyntedd. Clywais ddrws y tŷ bach yn agor ac yn cau . . . ac ymhen hir a hwyr ymddangosodd Lisa yn nrws y stafell fyw.

Roedd y distawrwydd yn frawychus – fel uchafbwynt rhyw ffilm arswyd, ond heb y sain. Edrychodd Lisa arnon ni'n tri yn ein tro, cyn hoelio'i sylw ar Alys am amser hir, hir. Roedd yr awyrgylch mor oeraidd nes 'mod i'n ofni y bydden ni i gyd yn troi'n flociau o rew yn y fan a'r lle.

Ond er syndod i mi, roedd Alys yn edrych yn hynod o jocôs, fel petai ganddi ddim byd i fecso amdano. Sut gallai hi fod mor cŵl? Roedd hyd yn oed Jac yn sylweddoli bod rhywbeth mawr o'i le. Cwtshiodd y bwni bach yn dynnach, a dechrau sugno'i fawd.

Pan siaradodd Lisa o'r diwedd, roedd ei llais yn dawel – yn frawychus o dawel. 'Beth yn y byd oedd ar dy feddwl di, Alys? Beth oedd ystyr yr holl nonsens 'na yn y caffi bore 'ma?' holodd yn oeraidd.

'Pa nonsens?' atebodd Alys yn ddigywilydd. 'Dim ond galw i mewn am baned o siocled poeth wnaethon ni, ac roeddet tithau'n digwydd bod yno. Beth oedd yn bod ar hynny?' holodd yn ddiniwed.

Er 'mod in dal i grynu, doedd Alys ddim fel tasai hi'n becso. Roedd hi'n amlwg yn fwy týff o lawer na fi!

'Nid fy mai i oedd e bod Jac wedi chwydu dros bob man,' protestiodd Alys. 'Ddylai Caradog ddim fod wedi prynu'r holl gacennau hufen 'na. Mae'n amlwg i mi nad yw e'n gwybod fawr ddim am fagu plant. Wyt ti'n cytuno, Mam?'

Cymerodd Lisa gam tuag at ei merch. Daliais fy ngwynt – oedd hi ar fin bwrw Alys? Wnaeth hi ddim, ond dwi'n siŵr ei bod wedi cael ei themtio – roedd hi'n cau ac agor ei dyrnau mor galed nes bod ei migyrnau'n wyn.

*Beth fydd diwedd hyn i gyd, tybed?* meddyliais.
*Fyddwn ni ar y newyddion? Fydd Mam a Dad yn
clywed ar y teledu bod rhywbeth erchyll wedi
digwydd yma?*

Ro'n i'n dechrau ofni'r gwaethaf pan gamodd
Lisa'n ôl, agor ei dyrnau, tacluso'i gwallt, a
thynnu anadl ddofn. 'Reit,' meddai o'r diwedd.
'Y gwir, plis. O'r dechrau i'r diwedd.'

Syllodd Alys ar ei mam am amser hir. Ro'n i'n
ysu am ddweud wrthi, 'Dere 'mlaen, Alys. Man a
man i ti ddweud y cyfan. Rhaid iddi gael gwybod
rywbryd.' Ond cadwais fy ngheg ar gau . . .

Yn sydyn, dechreuodd Jac lefain yn uchel.
'Dyw Alys ddim yn moyn i ti gael cariad,' meddai
drwy ei ddagrau. 'Roedd hi'n moyn gwneud i
Caradog ddiflannu – glywes i hi'n dweud wrth
Megan. Roedd hi am fod mor ddrwg nes ei
ddychryn i ffwrdd am byth bythoedd.'

Ochneidiais. Wel, 'na fe. Roedd yr aros ar
ben. Nawr am y ffrwydrad . . .

Yn rhyfedd iawn, ddaeth e ddim. Edrychai
Alys yn gwbl ddidaro, fel tasai dim byd
anghyffredin wedi digwydd, ond roedd yr olwg
ar wyneb Lisa'n codi ofn arna i. Rhoddodd ei
dwylo dros ei hwyneb, a'i hewinedd hir yn
beryglus o agos at ei llygaid. Gwnaeth ryw sŵn

erchyll – nid y math o beth faswn i wedi'i ddisgwyl gan rywun fel hi. Sylweddolais ei bod yn beichio crio, a phan siaradodd o'r diwedd roedd ei llais yn swnio'n ddieithr. 'Plis dweda wrtha i nad yw Jac yn dweud y gwir, Alys. Plis?'

Erbyn hyn, roedd yr olwg bwdlyd wedi diflannu oddi ar wyneb Alys. Yn lle hynny, edrychai'n ofnus iawn. Ac os oedd Alys yn teimlo'n ofnus, wel, doedd dim dal beth fyddai'n digwydd. Pwniais Alys yn ysgafn yn ei hochr a sibrwd wrthi, 'Dwcda wrthi, Al, plis. Mae hi'n gwybod ta beth, a fyddi di ddim ond yn gwneud pethau'n waeth i bawb. Bydda'n ddewr a dweda'r cyfan wrthi.'

Cododd Alys a cherdded draw at y ffenest. A'i chefn tuag atom, dechreuodd siarad mewn llais fflat, difynegiant, fel tasai hi wedi bod yn ymarfer ers tro. 'Mae'n flin 'da fi, Mam, ond mae popeth ddwedodd Jac yn wir. Paid â bod yn grac – ro'n i'n ei wneud e er mwyn y teulu, nid er fy mwyn i fy hun. Dwyt ti ddim angen cariad – mae Jac a fi gen ti. Roedd yn rhaid i mi gael gwared o Caradog. Doedd gen i ddim dewis – wyt ti'n deall? Fe wnes i bopeth er ein lles ni i gyd.'

Roedd Lisa'n eistedd a'i phen i lawr, ei gwallt hir yn cuddio'i hwyneb. Ddywedodd hi 'run gair.

Cerddodd Alys draw ati a gafael yn ei hysgwyddau gan weiddi, 'Gwranda arna i, Mam, plis! Dwi wedi gwneud y peth iawn. Dwi wedi achub y teulu 'ma. Plis paid â bod yn grac!'

Ymhen hir a hwyr, cododd Lisa'i phen. Roedd ei hwyneb yn welw, a'i mascara wedi smwtsio nes gwneud iddi edrych fel panda. 'Crac?' meddai. 'Dwi ddim yn grac.'

Camodd Alys yn ôl, yn amlwg wedi cael sioc. 'Dwyt ti ddim?' holodd yn syn. 'Ond dwi newydd ddychryn dy gariad di i ffwrdd!'

'Alys fach,' meddai Lisa, 'dyna'r peth mwyaf doniol dwi wedi'i glywed ers blynyddoedd!'

O'r diwedd, sylweddolais taw chwerthin oedd hi, nid llefain. Doedd neb wedi dweud unrhyw beth doniol – felly pam yn y byd roedd Lisa'n chwerthin ar ein pennau ni?

# Pennod 22

Trodd Alys tuag ata i, a'i hwyneb yn bictiwr.
Doedd gan yr un ohonon ni syniad beth oedd yn
digwydd. Tybed oedd yr holl helynt wedi
effeithio'n wael ar Lisa? Ddylwn i ffonio'r
meddyg? Roedd fy mhen yn troi . . .

Mewn argyfwng, mae angen i un person fod
yn gall a chyfrifol. Doedd neb arall i weld yn
ffitio'r disgrifiad, felly penderfynais taw fi
fyddai'r person hwnnw. Ddylwn i gynnig gwneud
dishgled o de i Lisa, a digonedd o siwgr ynddo
fe, fel maen nhw'n wneud yn y ffilmiau pan fydd

rhywun wedi cael sioc? Fyddwn i'n sicr ddim yn mentro rhoi slap iddi ar draws ei hwyneb, fel y gwelais i mewn un ffilm . . . Roedd pethau'n ddigon drwg yn barod!

Doedd 'run ohonon ni'n gwybod beth i'w wneud, a phawb yn edrych ar ei gilydd. O'r diwedd, tynnodd Lisa facyn o'i phoced, a sychu'i llygaid gan ddal i chwerthin. Aeth i eistedd wrth ochr Alys a rhoi un llaw ar ei hysgwydd. Ysgydwodd Alys hi i ffwrdd, a symud i ben pella'r soffa. Dechreuodd Lisa siarad gyda hi mewn llais mor dawel nes bod raid i mi blygu 'mlaen i glywed beth roedd hi'n ei ddweud.

'Nawr 'te, bach,' dechreuodd, 'rwyt ti wedi camddeall y sefyllfa'n llwyr. Ti'n gweld, mae Caradog . . .'

Torrodd Alys ar ei thraws mewn llais uchel, siarp. 'Paid â becso, Mam, dwi'n gweld yn iawn. A dweud y gwir, dwi'n gweld popeth yn gwbl glir. Dwi wedi dy weld di'n sibrwd ar y ffôn gyda Caradog bob nos. Dwi wedi dy weld di'n prynu llwythi o ddillad newydd, a cholur a phersawr drud. Dwi wedi gweld dy ddyddiadur cyfrinachol di. Dwi hyd yn oed wedi dy weld di'n cwrdd ag e yn eich "lle arferol" chi. Dwi wedi dy weld di'n ei

gusanu e. Does dim rhaid i ti ddweud wrtha i
beth i'w weld . . .'

Tro Lisa oedd hi'n awr i dorri ar draws.
Edrychodd fel tasai hi ar fin dechrau chwerthin
eto. 'Ti wedi 'ngweld i'n cusanu Caradog? Wir
yr? Caradog?!'

*Naill ai mae Lisa wedi cael sioc go iawn, neu
mae hi'n actores wych,* meddyliais.

'Wel, Megan welodd chi mewn gwirionedd,
ond sdim gwahaniaeth – cusan yw cusan.'

Edrychodd Lisa arna i, a nodiais fy mhen yn
ddiflas. Ro'n i wedi dewis aros yng Nghaerdydd i
gefnogi Alys, ond roedd hyn yn mynd gam yn
rhy bell. Do'n i ddim eisiau bod yn rhan o'r
argyfwng teuluol 'ma.

Siaradodd Alys yn fy lle. 'Dydd Llun oedd hi.
Roeddet ti yn y caffi 'na, a phan gyrhaeddodd
Caradog fe wnaethoch chi gusanu.'

Gwenodd Lisa. Diolch byth, wnaeth hi ddim
gofyn sut yn y byd roedden ni wedi'i gweld hi yn
y caffi y diwrnod hwnnw. 'Rwyt ti'n iawn, Meg;
fe wnaethon ni gusanu.'

'Dwyt ti ddim hyd yn oed yn mynd i wadu'r
peth?' holodd Alys, a'i llais yn codi gyda phob gair.

'Pam ddylwn i? Dwi'n dweud y gwir,' atebodd
Lisa.

Am funud neu ddau, roedd Alys yn f'atgoffa i o'r pysgodyn aur oedd gen i erstalwm. Roedd hi'n agor a chau ei cheg bob yn ail, ond doedd dim smic o sŵn yn dod allan ohoni.

'Gwranda arna i, Alys,' meddai Lisa. 'Do, fe wnes i gusanu Caradog, ond nid yn y ffordd rwyt ti'n feddwl. Fel'na mae pobl y dyddiau hyn – dwyt ti ddim wedi sylwi? Dyw e'n golygu dim – peth cymdeithasol yw e, yn union fel ysgwyd llaw. Ond nid dyna'r pwynt. Y peth pwysig yw, dyw Caradog *ddim* yn gariad i mi. A mwy na hynny, dyw e *erioed* wedi bod yn gariad i mi. Wyt ti'n deall nawr?'

O'r diwedd, llwyddodd Alys i ddweud rhywbeth. 'Wyt ti'n dweud y gwir, Mam?' holodd yn betrus.

Nodiodd Lisa. 'Fyddwn i byth bythoedd yn dweud celwydd am beth mor bwysig â hynna, Alys fach,' meddai.

'Ond . . . ond . . . beth am y galwadau ffôn, a'r holl droeon fuoch chi'n cwrdd yn y "lle arferol"?'

'Sgyrsiau a chyfarfodydd busnes oedden nhw,' atebodd Lisa. 'Mae Caradog wedi bod yn fy helpu i dros yr wythnosau diwetha.'

'Dy helpu di gyda beth?' holodd Alys yn syn.

Edrychai Lisa braidd yn anghyfforddus wrth

feddwl sut i ateb. 'Wel,' meddai o'r diwedd, 'ro'n i'n . . . ti'n gweld . . . mae e'n . . .'

Do'n i erioed o'r blaen wedi gweld Lisa'n stryffaglu am eiriau.

'Mae e'n *beth*, Mam?'

'Yn fentor personol i mi,' atebodd Lisa'n dawel.

# Pennod 23

Tro Alys i chwerthin oedd e'n awr. 'Sorri, Mam, ond mae hynna *moooor* stiwpid! Pam yn y byd wyt ti angen mentor personol?'

'Dyw bywyd ddim yn fêl i gyd, w'sti,' atebodd Lisa. 'Pan wyt ti wedi tyfu lan . . .'

Digwyddodd edrych draw ar Jac – roedd e wedi cwympo i gysgu ar y soffa yng nghanol yr holl ddrama oedd yn digwydd o'i gwmpas. Lapiodd Lisa'r blanced amdano, a chwtshio bwni bach o dan ei fraich. Yna eisteddodd wrth ei ochr yn mwytho'i wallt am sbel hir.

'Beth yn y byd yw mentor personol?' sibrydais wrth Alys.

'Dwyt ti ddim yn gwylio unrhyw raglenni teledu?' holodd yn anghrediniol. 'Maen nhw i'w cael ym mhobman. Nhw sy'n dy helpu di i sortio dy fywyd mas, os nad wyt ti'n ddigon clyfar i wneud hynny dy hun.'

'Glywais i hynna, madam,' meddai Lisa. 'Fel dwedais i, dyw bywyd ddim yn syml. Mae f'un i wedi bod yn anodd iawn yn ddiweddar. Dwi'n . . .'

Torrodd Alys ar ei thraws. 'Wel, dy fai di yw hynny. Ti benderfynodd gadael Dad. Ti fynnodd llusgo Jac a fi i Gaerdydd, yn bell oddi wrth ein ffrindiau. Ti sy wedi . . .' Ac ar hynny, dechreuodd feichio crio'n swnllyd.

'O, 'nghariad bach i,' meddai Lisa gan dynnu Alys i mewn i'w breichiau. 'Paid â llefain. Bydd popeth yn iawn . . .' Ond roedd y dagrau'n dal i lifo, a chyn pen dim roedd blows binc bert Lisa'n socian. Am unwaith, doedd hi ddim fel tasai hi'n becso.

Ro'n i'n teimlo embaras llwyr. Stwff teuluol oedd hwn, a do'n i ddim eisiau bod yn rhan ohono. Nawr 'mod i'n siŵr nad oedd neb mewn perygl o gael ei ladd, roedd yn bryd i mi fynd . . .

Ond wrth i mi gerdded ar flaenau 'nhraed tuag at y drws, galwodd Lisa fi'n ôl. 'Man a man i ti aros, Megan,' meddai. 'Rwyt tithau'n rhan o hyn.'

Dyna'r peth olaf ro'n i eisiau, ond feiddiwn i ddim tynnu'n groes. Eisteddais ar gadair yng nghornel bella'r stafell ac esgus darllen cylchgrawn tra bod y teulu Roberts yn trio sortio'u problemau allan.

Aeth amser hir, hir heibio cyn i Alys stopio llefain. Am sbel wedyn, bu Lisa'n ei siglo'n ôl a 'mlaen fel plentyn bach, nes o'r diwedd cododd Alys ar ei heistedd a sychu'i llygaid.

'Nawr 'te,' meddai Lisa gan wenu, 'wnei di wrando arna i am unwaith, a cheisio deall?'

Nodiodd Alys.

Tynnodd Lisa anadl ddofn a dechrau siarad. 'Mae'n flin gen i ddweud hyn, ond doedd Dad a fi ddim wedi bod yn hapus gyda'n gilydd am amser hir. Fy mai i oedd y cyfan. Roedd e'n fy ngharu i, ac roeddet ti a Jac yn fy ngharu i, a dylai hynny fod yn ddigon i mi – ond am ryw reswm doedd e ddim. Er 'mod i'n treulio oriau bob wythnos yn siopa, yn yfed coffi, ac yn cael trin fy ngwallt a 'ngwinedd, do'n i byth yn hapus. Felly fe benderfynais falle taw symud i ffwrdd fyddai'r ateb. Ond wnes i ddim sylweddoli y byddai hynny'n dy frifo di a Jac gymaint, ac y byddech chi mor unig ac anhapus. Wnes i ddim sylweddoli'r effaith fyddai symud yn ei gael ar ymddygiad Jac, chwaith – fe newidiodd ei bersonoliaeth yn llwyr. A feddyliais i erioed y byddai dy dad yn cael ei effeithio gymaint. A nawr, nid yn unig mae pawb arall yn ddiflas ac yn anhapus, ond rydw innau'n teimlo 'run fath. Alli di ddeall hynny?'

Nodiodd Alys. 'Ond lle mae Caradog yn ffitio i mewn i hyn i gyd?' holodd.

'Ffrind i mi soniodd amdano fe ryw ddiwrnod. Rwyt ti'n iawn – mae e'n helpu pobl dwp fel fi i roi trefn ar ein bywydau. Mae e'n mynd drwy'r gwahanol ddewisiadau sy gen i, ac yn fy helpu i benderfynu beth i'w wneud nesaf. Bob wythnos, mae'n gosod tasgau gwahanol i mi – fel rhyw fath o waith cartref – a dwi'n gorfod cadw dyddiadur fel cofnod o bopeth dwi wedi'i gyflawni.'

Fedrwn i ddim peidio gwenu i mi fy hun. Roedd Alys druan yn meddwl bod ei mam yn cadw dyddiadur o bob dêt ramantus gyda Caradog – a hithau ddim ond yn gwneud ei gwaith cartref!

'Ac wedyn,' aeth Lisa yn ei blaen, 'roedd e'n mynd drwy'r dyddiadur ac yn fy helpu i benderfynu ar y cam nesaf. Dyna pam roedden ni'n cwrdd bob dydd. Un tro, fe drefnodd i mi weithio am bnawn mewn siop elusen . . .'

Torrodd Alys ar ei thraws yn sydyn. 'A'r trip i'r sinema?' gofynnodd.

'Un arall o dasgau Caradog oedd hynny,' atebodd Lisa, heb feddwl holi sut yn y byd roedden ni'n gwybod am y sinema. 'Roedd y ffilm yn sôn am fenyw oedd wedi llwyddo i ddatrys ei phroblemau. Dwedais wrth Caradog 'mod i'n methu wynebu mynd ar ben fy hun, a dyna pam ddaeth e gyda fi. Ond, fel arfer, ro'n i'n gwneud popeth ar ben fy hun.'

'Pa fath o bethau?' holodd Alys, gan ddangos rhywfaint o ddiddordeb.

'Wel, y dydd o'r blaen, roedd yn rhaid i mi fynd i'r Amgueddfa Genedlaethol a cheisio dychmygu sut brofiad fyddai gweithio yno. Ac un tro ro'n i'n gorfod treulio diwrnod cyfan heb weiddi arnat ti a Jac.' Gwenodd yn wan wrth ddweud, 'Methu'r prawf hwnnw wnes i, mae arna i ofn! Ac wedyn, bob fin nos . . .'

Torrodd Alys ar ei thraws eto. 'Bob fin nos, mae Caradog yn dy ffonio di i weld sut mae pethau'n mynd.'

'Ie, dyna ni. Dwi'n difaru nawr na wnes i ddweud o'r cychwyn cyntaf beth oedd yn digwydd, ond ro'n i'n ofni y byddet ti'n meddwl 'mod i'n hanner call a dwl. Roedd dweud dim i'w weld yn syniad da ar y pryd . . .'

Dechreuodd Alys chwerthin. 'Caradog druan,' meddai. 'Rhwng y gwm cnoi a'r llau pen, a Jac yn chwydu dros bob man – beth yn y byd oedd e'n feddwl ohonon ni, tybed?'

'Chwarae teg, roedd e'n rhyfeddol o dda ynghylch yr holl beth, a hyd yn oed yn gallu gweld yr ochr ddoniol. Ond, wrth gwrs, doedd ganddon ni ddim syniad pam dy fod ti'n ymddwyn mor ofnadwy . . .'

'O, Mam!' llefodd Alys gan roi ei phen yn ei dwylo. 'Ro'n i *mor* ddigywilydd!'

'Ie, wel, ro'n i wedi dweud sawl gwaith wrth Caradog dy fod ti a Jac yn bod yn . . . ym . . . *anodd* ers i ni symud i Gaerdydd. O leia roedd e'n gweld 'mod i'n dweud y gwir!'

'Sorri, Mam. Ro'n i mor hunanol. Feddyliais i ddim sut roeddet ti'n teimlo. Ro'n i jest yn rhoi'r bai arnat ti am bopeth,' cyfaddefodd Alys.

'Dwi'n teimlo mor euog bod pethau wedi troi allan fel hyn,' meddai Lisa, 'ond fe ddown ni drwyddi yn y diwedd. Dwi'n addo i ti, bydd pethau'n well o hyn 'mlaen.'

Tynnodd Alys i mewn i'w breichiau a chafodd y ddwy gwtsh hiiiiir iawn. Do'n i ddim yn cofio pryd welais i'r ddwy'n cael cwtsh o'r blaen, ac roedd e'n deimlad braf. Ro'n i'n credu popeth ddywedodd Lisa, ac yn obeithiol y byddai pawb yn hapus yn y diwedd.

Doedd dim rhaid i mi esgus rhagor bod gen i ddiddordeb mawr yn y cylchgrawn. Roedd Jac yn dal i gysgu'n sownd, a doedd Alys ddim angen i mi fod yno'n gefn iddi. Cerddais yn ddistaw allan o'r stafell a chau'r drws ar f'ôl. Yn y gegin, helpais fy hun i wydraid mawr o Coke, paced o greision, a dwy fisged siocled.

Ro'n i wedi cael diwrnod hir ac anodd, ac ro'n i'n haeddu tipyn o 'sothach'!

# Pennod 24

Arhosais yn stafell wely Alys am amser hir, hir,
yn gwrando ar gerddoriaeth ac yn edrych ar
gylchgronau. Ddaeth neb i chwilio amdana i,
ond do'n i ddim yn becso – ro'n i'n falch o'r cyfle
i ymlacio heb orfod meddwl am neb arall.

Bob hyn a hyn ro'n i'n clywed swn chwerthin
yn dod o'r stafell fyw, ac ymhen sbel gallwn
glywed Jac yn ymuno hefyd. Roedd y bachgen
druan wedi cael amser gwael dros y dyddiau

diwethaf, ac roedd yn braf meddwl ei fod e'n hapus eto. Falle nad oedd Alys wedi difetha gweddill ei fywyd wedi'r cyfan.

Dechreuais feddwl am Seren, fy chwaer fach. Roedd gen i hiraeth mawr amdani, ac yn edrych 'mlaen at ei gweld. Byddwn yn eistedd ar y soffa gyda hi i ganu 'Mynd drot drot ar y gaseg wen'. Roedd hi wastad wrth ei bodd yn bloeddio'r geiriau, 'A rhywbeth neis neis i de!'

Ro'n i'n falch 'mod i'n mynd adre y diwrnod wedyn. Ar y dechrau, roedd chwe diwrnod yn swnio'n gyfnod rhy fyr i fod gydag Alys, ond fel digwyddodd pethau roedd yn teimlo fel amser hir iawn, iawn.

Ymhen hir a hwyr, daeth Alys i mewn ata i. Er bod golwg welw a blinedig arni, gwenodd yn hapus wrth fy ngweld.

'Sorri, Meg, am dy adael di ar ben dy hun mor hir,' meddai. 'Dwi'n methu credu 'mod i wedi camddeall popeth – sut gallwn i fod mor dwp?'

'Nid dy fai di oedd e,' dywedais wrthi. 'Pwy yn y byd fyddai wedi credu taw mentor personol i dy fam oedd Caradog? Do'n i ddim hyd yn oed wedi clywed am y fath beth tan nawr!'

'Falle dy fod yn iawn,' ochneidiodd Alys, 'ond sut gallwn i fod wedi ymddwyn mor erchyll?

Pam na faset ti wedi fy stopio?' Gwelodd yr olwg ar fy wyneb ac ychwanegu, 'Do, fe wnest ti dy orau. Ti oedd yn iawn, fel arfer. Ac, fel arfer, wnes i ddim gwrando! Gobeithio na fydda i byth yn gweld Caradog eto – y fath gywilydd!'

'Dwi ddim yn credu y bydd e ar frys i dy weld di eto, chwaith!' chwarddais.

'Syniad twp oedd meddwl ei fod e'n gariad i Mam, ta beth,' meddai.

Yn dawel bach, ro'n i'n credu bod posibilrwydd cryf y byddai Lisa'n cael cariad rhyw ddiwrnod ac y byddai'n rhaid i Alys dderbyn y peth. Ond nid dyma'r amser i sôn am hynny . . .

'A sut mae dy fam erbyn hyn?' holais.

'Mae hi'n iawn. Gawson ni sgwrs grêt a datrys lot o bethau. Am y tro cynta yn fy mywyd, dwi'n teimlo trueni drosti hi. Ac am y tro cynta ro'n i'n gallu dweud wrthi am bopeth oedd yn fy mecso i, heb weiddi arni. Yn y diwedd penderfynais ddweud y cyfan wrthi – am ei dilyn hi i'r caffi, y 'pendics, a'r sinema.'

'Soniaist ti am roi'r losin i Jac?'

'Wel, dwedais i *bron* bopeth wrthi. Dwi am gadw hynny tan y tro nesa.'

'A sut mae Jac erbyn hyn?'

'Jac druan. Mae e wedi treulio'r awr ddiwetha'n cwtshio yng nghôl Mam. Mae e'n gallu bod mor annwyl, a dwi'n mynd i helpu Mam gydag e o hyn 'mlaen. Ddylwn i ddim fod wedi'i annog e i fod yn ddrwg, dim ond er mwyn cosbi Mam am ddod â ni yma.'

'Dwi mor falch fod pethau'n gwella,' dywedais, 'fel gwnaethon nhw yn yr hydref.'

'Beth wyt ti'n feddwl?' holodd Alys.

'Wel, bryd hynny, roeddet ti'n trio perswadio dy fam i symud 'nôl i Aberystwyth. Ac er bod y cynllun wedi methu, o leia fe gytunodd i adael i ti ddod i aros gyda dy dad yn amlach. A'r tro hwn, oherwydd y camddealltwriaeth 'ma gyda Caradog, rwyt ti a dy fam wedi dod yn agos eto, ac fe fyddwch chi i gyd yn llawer hapusach o hyn 'mlaen. Felly, mewn rhyw ffordd ryfedd, mae dy gynllun di *wedi* gweithio.'

'Dwi'n gobeithio dy fod ti'n iawn, Meg,' meddai. 'Ond mae'n wir flin gen i am ddifetha dy wyliau di. Roeddet ti wedi edrych 'mlaen gymaint, dwi'n gwybod.'

Roedd hi'n iawn, wrth gwrs. Os bydda i byth yn sgrifennu hanes fy mywyd, fydd yr wythnos hon *ddim* yn un o'r uchafbwyntiau. 'Paid â becso,' dwedais er mwyn cysuro Alys, 'dwi wedi mwynhau er gwaetha popeth.'

Roedd Alys yn gwybod yn iawn 'mod i'n dweud celwydd golau, ond doedd dim gwahaniaeth – mae hynny'n dderbyniol rhwng ffrindiau.

'Beth bynnag,' meddai, gan neidio ar ei thraed. 'Rhaid i ni newid i ddillad teidi – mae Mam am fynd â ni mas i swper!'

Doedd dim rhaid i Alys ddweud rhagor. O fewn ugain munud, roedd y ddwy ohonon ni'n edrych yn gwbl wahanol yn ein dillad smart – ein gwalltiau'n sgleinio, ein hewinedd yn binc, a chwa o bersawr yn ein dilyn.

Curodd Lisa ar y drws a cherdded i mewn. 'Waw, ferched!' meddai'n syn. 'Ry'ch chi'n edrych yn grêt!'

'Diolch, Mam,' meddai Alys. 'I ble ry'n ni'n mynd?'

'Wel . . .' oedodd Lisa. 'Mae 'na gymaint o dai bwyta da, mae'n anodd dewis. Falle y byddai'n well i mi . . .'

'. . . ofyn i'r mentor personol!' meddai Alys a fi gyda'n gilydd.

A chwarddodd y tair ohonom nes bron â llewygu.

# Pennod 25

Y bore wedyn, ro'n i'n teimlo'n grêt. Fy niwrnod ola yng Nghaerdydd, a'r cynta heb un o 'gynlluniau' Alys. Yr unig gynllun oedd ganddon ni'r diwrnod hwnnw oedd cael hwyl.

Amser brecwast, roedd pawb mewn hwyliau da – Jac yn bwyta'n daclus, ac Alys a'i mam yn sgwrsio fel dwy hen ffrind oedd heb weld ei gilydd ers sbel. Ro'n i'n teimlo ryw fymryn bach yn eiddigeddus wrth eu gweld mor agos.

Wrth i ni glirio'r bwrdd, gofynnodd Alys i'w mam, 'Wyt ti'n gweld Caradog heddiw?'

'Ydw, fel mae'n digwydd,' meddai. 'Dyw'r cwrs ddim yn gorffen am wythnos arall. 'Sdim gwahaniaeth gen ti, nagoes?'

'Na, dim o gwbl,' chwarddodd Alys. 'Hoffet ti adael Jac gyda Meg a fi?'

'Diolch am y cynnig,' atebodd Lisa, 'ond mae angen iddo setlo i mewn i rwtîn, felly gwell iddo fynd i'r Feithrinfa heddiw.'

Edrychais ar Jac, gan ddisgwyl iddo ffrwydro, ond gwenodd a dweud, 'Hwrê! Dwi'n mynd i chwarae yn y tywod 'da Owain a Twm!' Roedd yn anodd gen i gredu gymaint roedd y teulu wedi newid o fewn y 24 awr ddiwethaf!

Ar ôl i'r ddau fynd, cerddodd Alys a fi i'r ganolfan siopa agosaf, lle prynais y losin ro'n i wedi'u haddo i Seren – rhai pinc a chynhwysion naturiol ynddyn nhw. Wedyn fe aethon ni i'r siop 'adeiladu tedi'. Dewisais wneud tedi melyn ciwt i Seren, a rhuban oren o gwmpas ei wddw. Bwni borffor gyda chlustiau coch oedd dewis Alys – jest y math o beth fyddai Jac yn ei hoffi.

I Mam, prynais botel o jèl organig ar gyfer y gawod. Er ei fod e'n edrych yn wyrdd ac yn sleimi, ac yn arogli fel gwellt wedi pydru, byddai Mam yn dwlu arno! Roedd yn hawdd dewis beth i'w gael i Dad – cylchgrawn pêl-droed a'i hoff siocled blas oren.

Penderfynodd Alys a fi brynu llyfr hyfryd ar y cyd i Jac. 'Roedd e wrth ei fodd erstalwm pan o'n i'n darllen stori iddo fe,' meddai Alys. 'Bydd hwn yn gyfle da i mi ailddechrau.' Ro'n i'n falch o'i chlywed yn dweud hynny.

Fuon ni ddim yn gwneud unrhyw beth o bwys wedyn, dim ond mynd lan a lawr yn y lifft gwydr am sbel nes i'r dyn diogelwch awgrymu falle ei bod yn bryd i ni roi'r gorau iddi. Aethon ni i un o'r caffis i gael smŵddi ffrwythau (byddai Mam yn falch ohona i!) a phaced o greision bob un.

Ar y ffordd o'r ganolfan siopa, gofynnodd Alys i mi aros y tu allan i siop gemwaith. Daeth allan yn cario pecyn bach wedi'i lapio mewn papur porffor. Gwthiodd e i mewn i boced fy siaced a'm siarsio, 'Paid â meiddio agor hwn nes byddi di ar y trên, iawn?'

Erbyn i ni gyrraedd 'nôl i'r fflat, roedd yn bryd i mi bacio fy mag. Aeth Lisa â ni yn y car i'r orsaf, a phrynu dau gylchgrawn a llyfr i mi i basio'r amser ar y trên.

Roedd yn rhaid i ni ffarwelio wrth y giât oedd yn arwain at y platfform. 'Fe fyddwn ni'n dy golli di, Meg,' meddai Lisa, ac am y tro cynta erioed roedd hi'n amlwg o ddifri. Es i lawr yn fy nghwrcwd, tynnu Jac i 'mreichiau a rhoi clamp o sws iddo. Gafaelodd Alys a fi'n dynn yn ein gilydd, a'r ddwy ohonon ni'n anfodlon tynnu'n rhydd.

'Pryd wela i di nesa?' holais o'r diwedd.

'Wel, mae 'na gyngerdd yn yr ysgol y penwythnos nesa, ac mae Dad yn dod i lawr y penwythnos wedyn. Beth am y penwythnos ar ôl hynny?' Edrychodd ar ei mam wrth siarad, ac atebodd hithau, 'Ie, bydd hynny'n grêt. Gei di fynd lan i Aber at Megan bryd hynny.'

Wrth gerdded tuag at y trên, trois a chymryd

un cipolwg arall ar y tri. Ro'n i wrth fy modd yn eu gweld yn edrych yn hapusach nag y buon nhw ers misoedd lawer. Cododd Alys ei llaw wrth i mi gamu i mewn i'r trên.

Ro'n i ar bigau'r drain eisiau agor y pecyn bach roddodd Alys i mi. Agorais y papur porffor, a'r tu mewn roedd cadwyn arian ac arni angel bach disglair a chanddi adenydd pitw bach. Roedd nodyn wedi'i blygu'n fach, fach yng ngwaelod y bocs. Darllenais:

**Megan Huws, rwyt ti'n angel.**
**Diolch i ti am bopeth.**
**Alys**
**xxx**

\* \* \*

Oriau'n ddiweddarach, dechreuodd y trên arafu wrth ddod i mewn i orsaf Aberystwyth. Roedd Mam, Dad a Seren yn aros amdana i ar y platfform. Ro'n i *mor* falch o'u gweld! Llwyddais i roi cwtsh i bawb cyn i Seren ddechrau conan, 'Lothin i Theren? Meg 'di dod â lothin i Theren?' Roedd hi'n braf cael bod 'nôl gyda'r teulu!

A dyna ddiwedd yr hanes . . . wel, bron iawn ta beth.

# Pennod 26

Ar fore Sadwrn bythefnos yn ddiweddarach, ro'n i'n brysur yn tacluso fy stafell wely pan glywais gloch y drws ffrynt yn canu. Gadewais y pentwr o sanau ro'n i'n eu didoli a mynd i'w ateb.

Fedrwn i ddim credu fy llygaid wrth weld Alys yn sefyll yno, yn wên o glust i glust. Sefais yno am hydoedd, fy ngheg led y pen ar agor, a dim gair yn dod allan ohoni. O'r diwedd, llwyddais i ddweud, 'Beth yn y byd wyt ti'n wneud yma? Ro'n i'n meddwl bod dy dad yn mynd i Gaerdydd y penwythnos yma?'

'Ie, dyna oedd y cynllun,' atebodd Alys yn ddidaro, 'ond mae pethau wedi newid. Dwi wedi dod i Aber yn lle hynny.'

'Felly dwi'n gweld,' chwarddais. 'Dere i mewn!'

Ro'n i wrth fy modd yn ei gweld eto. Byddai hyd yn oed tacluso fy stafell, a didoli sanau, yn hwyl yng nghwmni Alys. Ond roedd hi'n amlwg ar bigau'r drain am ryw reswm – ac roedd hynny'n gwneud i mi deimlo'n nerfus.

Roedd pob math o gwestiynau'n rhuthro drwy fy meddwl. Pam oedd hi yma? Pam oedd hi ar ben ei hun? Oedd hi wedi dadlau gyda'i mam eto? Oedd ganddi hi gynllun hanner-call-a-dwl arall ar y gweill? Fyddwn i'n ddigon cryf i ddweud 'na' os byddai hi'n gofyn am fy help eto?

Eisteddodd y ddwy ohonon ni ar y gwely heb ddweud fawr ddim. Awgrymais i bob math o bethau – gêm o Monopoly, gwrando ar gerddoriaeth, mynd am dro – ond ysgwyd ei phen wnâi Alys bob tro. Beth yn y byd oedd yn mynd trwy'i meddwl hi?

O'r diwedd, trodd tuag ata i, a sylwais fod ei llygaid yn ddisglair. 'Gofynna i mi, Meg,' meddai.

'Gofyn beth?' holais yn ddryslyd.

'Gofynna pam mae'r cynlluniau wedi newid. Gofynna pam dwi yma.'

'Iawn,' ochneidiais. 'Pam bod y cynlluniau wedi newid? Pam nad wyt ti yng Nghaerdydd gyda dy dad?'

Yn sydyn, neidiodd Alys ar ei thraed a 'nhynnu i gerfydd fy mraich i ganol y stafell. Dechreuodd fy nghwtsio, a neidio lan a lawr fel ffŵl. Pan mae Alys yn ymddwyn fel hyn, dwi'n disgwyl y gwaethaf. 'Beth yn y byd sy'n mynd 'mlaen?' holais.

Safodd yn stond a llifodd y geiriau allan ohoni. 'Wel, dwi yn Aber oherwydd bod Mam yn awyddus i ddod hefyd. Mae'n . . . mae hi'n . . . dod i edrych ar fflat. Ry'n ni . . . mae Mam a Jac a fi . . . ry'n ni'n . . .'

Ro'n i'n ofni gobeithio. 'Y'ch chi'n . . ?'

'Ydyn, Meg! Ry'n ni'n symud yn ôl i Aber i fyw!'

Doedd ein stryd dawel ni erioed wedi clywed y fath sŵn wrth i Alys a fi neidio lan a lawr, gan sgrechian a gweiddi 'Hwrê! Hwrê!'

Deng munud yn ddiweddarach, pan oedden ni wedi colli'n lleisiau ac yn chwys drabŵd, eisteddon ni i lawr a dywedodd Alys yr hanes.

'Mae ganddon ni le i ddiolch i Caradog, mewn gwirionedd,' meddai. 'Ar ôl talu'r holl arian am y cwrs, sylweddolodd Mam taw'r unig beth roedd hi wedi'i wneud wrth symud i Gaerdydd oedd cario'i phroblemau o un lle i'r llall – a chreu chydig o rai newydd hefyd.'

'Chydig?' holais gan wenu.

'Lot fawr,' chwarddodd Alys. 'Beth bynnag, helpodd Caradog hi i weld nad byw yn Aber oedd y broblem. A doedd dianc i Gaerdydd ddim ond yn gwneud pethau'n waeth. Felly ry'n ni'n symud yn ôl yma! Byddwn ni'n gallu gweld Dad bob dydd, a dy weld di hefyd. A bydd Jac yn gallu mynd yn ôl i'w hen Feithrinfa – fyddan nhw ddim callach yn y fan honno beth wnaeth e i Sali Mali druan!'

Chwarddodd y ddwy ohonon ni, ac aeth Alys yn ei blaen. 'Ac mae Mam yn bwriadu gwneud cwrs ar gynllunio mewnol, a chael swydd ran-amser.'

'Chwarae teg i'r hen Caradog,' dywedais. 'Gobeithio dy fod ti wedi anfon cerdyn Diolch ato fe! Er, cofia, falle na fydd e'n hapus i gael ei atgoffa ohonot ti! Y cwestiwn mawr yw – pryd fyddwch chi'n symud?'

'Dyma'r peth gorau. Unwaith mae Mam yn penderfynu rhywbeth, dyw hi ddim yn gwastraffu amser. Mae hi'n edrych ar fflat heddiw, jest rownd y gornel yn ymyl y siop. Os bydd hi'n ei hoffi, byddwn yn symud dros y Pasg.'

'Dyw hynny ond tair wythnos i ffwrdd!' dwedais yn syn.

'Dwi'n gwybod – mae'n wych, on'd yw e? Os aiff popeth yn iawn, bydda i gyda ti yn yr ysgol ar ôl gwyliau'r Pasg. Gallwn ni wneud ein gwaith cartref gyda'n gilydd. Gallwn ni gasáu Mirain Mai eto. Bydd popeth fel roedd e erstalwm – heblaw na fydd raid i mi ddiodde clywed Mam a Dad yn ffraeo gyda'i gilydd. Dwi'n edrych 'mlaen!'

Ro'n i ar ben y byd. Feddyliais i erioed y byddai pethau'n troi allan cystal â hyn, a phawb yn hapus eto.

Ryw awr yn ddiweddarach, daeth Lisa draw gyda Jac. Rhedodd Alys a fi i gwrdd â nhw wrth y drws. Chwifiodd Lisa set o allweddi yn yr awyr a dweud, 'Newyddion da. Gallwn ni rentu'r fflat am flwyddyn i ddechrau. Mae'n barod i ni symud i mewn pryd bynnag ry'n ni'n moyn.'

Roedd pawb wrth eu bodd. Cafodd Lisa a Mam sgwrs dros baned o de llysieuol, roedd Jac a Seren ar y llawr yn chwarae gyda Lego, a bu Alys a fi'n brysur yn peintio ewinedd ein gilydd.

Clywais Mam yn dweud wrth Lisa mor braf

fyddai eu cael yn ôl yn Aberystwyth. Roedd hi hyd yn oed yn swnio fel petai'n golygu pob gair. Llwyddodd Lisa i yfed y te drewllyd a bwyta dwy fisgeden organig ddi-halen, ddi-flas, heb wneud unrhyw ffýs. Syllais ar y ddwy'n eistedd gyda'i gilydd ar y soffa – Mam yn ei sgidiau fflat, trwm, a Lisa yn ei sgidiau sodlau uchel a'r blaenau pigog. Dwi ddim yn credu y bydd y ddwy yna byth yn ffrindiau gorau, ond chwarae teg – roedden nhw'n gwneud eu gorau glas i ddod 'mlaen.

A thrwy gydol y pnawn, bu Alys a fi'n sgwrsio a chwerthin yn ddi-stop.

Hwn oedd diwrnod gorau ein bywyd.

Hyd yn hyn, ta beth . . .

# Judi Curtin

addasiad gan
*Eleri Huws*

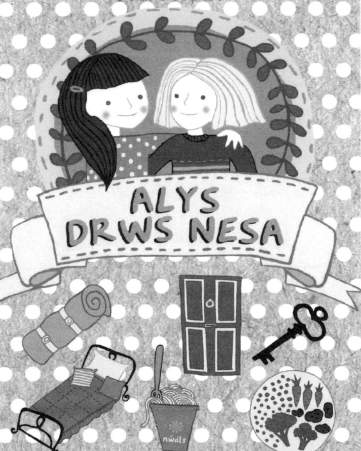

## ALYS DRWS NESA

Nofel arall yng nghyfres Alys:

# Alys Drws Nesa

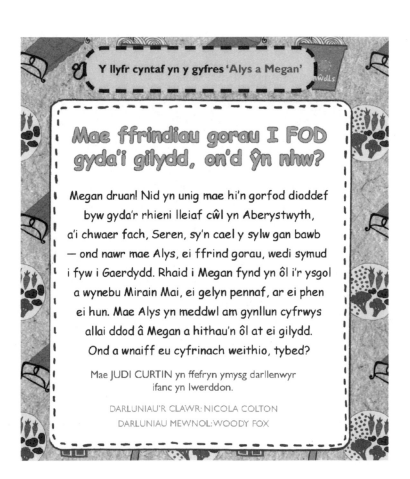

**Y llyfr cyntaf yn y gyfres 'Alys a Megan'**

## Mae ffrindiau gorau I FOD gyda'i gilydd, on'd ŷn nhw?

Megan druan! Nid yn unig mae hi'n gorfod dioddef byw gyda'r rhieni lleiaf cŵl yn Aberystwyth, a'i chwaer fach, Seren, sy'n cael y sylw gan bawb — ond nawr mae Alys, ei ffrind gorau, wedi symud i fyw i Gaerdydd. Rhaid i Megan fynd yn ôl i'r ysgol a wynebu Mirain Mai, ei gelyn pennaf, ar ei phen ei hun. Mae Alys yn meddwl am gynllun cyfrwys allai ddod â Megan a hithau'n ôl at ei gilydd. Ond a wnaiff eu cyfrinach weithio, tybed?

Mae JUDI CURTIN yn ffefryn ymysg darllenwyr ifanc yn Iwerddon.

DARLUNIAU'R CLAWR: NICOLA COLTON
DARLUNIAU MEWNOL: WOODY FOX